동주와 빈센트

동주와 빈센트

열두 개의 달 시화집 스페셜

글 윤동주
그림 빈센트 반 고흐

저녁달
고양이

차
례

서시 ___ 8

자화상 ___ 10

소년 ___ 12

눈 오는 지도 ___ 14

돌아와 보는 밤 ___ 16

병원 ___ 18

새로운 길 ___ 20

간판 없는 거리 ___ 22

태초의 아침 ___ 24

또 태초의 아침 ___ 26

새벽이 올 때까지 ___ 28

무서운 시간 ___ 30

십자가 ___ 32

바람이 불어 ___ 34

슬픈 족속 ___ 36

눈 감고 간다 ___ 38

또 다른 고향 ___ 40

길 ___ 42

별 헤는 밤 ___ 44

못 자는 밤 ___ 48

거리에서 ___ 50

내일은 없다
- 어린 마음에 물은 - ___ 52

초 한 대 ___ 54

삶과 죽음 ___ 56

공상 ___ 58

꿈은 깨어지고 ___ 60

남쪽 하늘 ___ 62

조개껍질 ___ 64

고향 집 - 만주에서 부른 ___ 66

병아리 ___ 68

오줌싸개 지도 ___ 70

창 구멍 ___ 72

기왓장 내외 ___ 74

비둘기 ___ 76

이별 ___ 78

식권 ___ 80

모란봉에서 ___ 82

황혼 ___ 84

가슴 1 ___ 86

종달새 ___ 88

닭 1 ___ 90

산상 ___ 92

오후의 구장 ___ 94

이런 날 ___ 96

양지쪽 ___ 98

산림 ___ 100

가슴 3 ___ 102

곡간 ___ 104

빨래 ___ 106

빗자루 ___ 108

햇비 ___ 110

비행기 ___ 112

가을밤 ___ 114

굴뚝 ___ 116

무얼 먹구 사나 ___ 118

봄 1 ___ 120

개 1 ___ 122

편지 ___ 124

버선본 ___ 126

사과 ___ 128

눈 ___ 130

눈 ___ 132

닭 ___ 134

겨울 ___ 136

호주머니 ___ 138

황혼이 바다가 되어 ___ 140

거짓부리 ___ 142

둘 다 ___ 144

반딧불 ___ 146

밤 ___ 148

만돌이 ___ 150

나무 ___ 152

달밤 ___ 154

풍경 ___ 156

한난계 ___ 158

그 여자 ___ 160

소낙비 ___ 162

비애 ___ 164

명상 ___ 166

비로봉 ___ 168

바다 ___ 170

산협의 오후 ___ 172

창 ___ 174

유언 ___ 176

산울림 ___ 178

비 오는 밤 ___ 180

사랑의 전당 ___ 182

이적 ___ 184

아우의 인상화 ___ 186

코스모스 ___ 188

고추밭 ___ 190

햇빛·바람 ___ 192

해바라기 얼굴 ___ 194

애기의 새벽 ___ 196

귀뚜라미와 나와 ___ 198

달같이 ___ 200

장미 병들어 ___ 202

투르게네프의 언덕 ___ 204

산골 물 ___ 206

팔복
— 마태복음 5장 3~12절 ___ 208

위로 ___ 210

쉽게 씌어진 시 ___ 212

사랑스런 추억 ___ 216

참회록 ___ 218

봄 2 ___ 220

간 ___ 222

흰 그림자 ___ 224

흐르는 거리 ___ 226

울적 ___ 228

창공 ___ 230

가슴 2 ___ 232

참새 ___ 234

아침 ___ 236

할아버지 ___ 238

개 2 ___ 240

장 ___ 242

야행 ___ 244

비 뒤 ___ 246

어머니 ___ 248

가로수 ___ 250

달을 쏘다 ___ 252

별똥 떨어진 데 ___ 256

화원에 꽃이 핀다 ___ 262

종시 ___ 266

시인 소개 ___ 276

화가 소개 ___ 277

서시(序詩)

죽는 날까지 하늘을 우러러
한 점 부끄럼이 없기를,
잎새에 이는 바람에도
나는 괴로워했다.
별을 노래하는 마음으로
모든 죽어가는 것을 사랑해야지.
그리고 나한테 주어진 길을
걸어가야겠다.

오늘밤에도 별이 바람에 스치운다.

Starry Night Over the Rhone
Vincent van Gogh
1888

자화상(自畵像)

산모퉁이를 돌아 논 가 외딴 우물을 홀로 찾아가선 가만히
들여다 봅니다.

우물 속에는 달이 밝고 구름이 흐르고 하늘이 펼치고
파아란 바람이 불고 가을이 있습니다.

그리고 한 사나이가 있습니다.
어쩐지 그 사나이가 미워져 돌아갑니다.

돌아가다 생각하니 그 사나이가 가엾어집니다.
도로 가 들여다 보니 사나이는 그대로 있습니다.

다시 그 사나이가 미워져 돌아갑니다.
돌아가다 생각하니 그 사나이가 그리워집니다.

우물 속에는 달이 밝고 구름이 흐르며 하늘이 펼치고 파아란
바람이 불고 가을이 있고 추억(追憶)처럼 사나이가 있습니다.

Self-Portrait
Vincent van Gogh
1889

소년(少年)

여기저기서 단풍잎 같은 슬픈 가을이 뚝뚝 떨어진다. 단풍잎
떨어져 나온 자리마다 봄을 마련해놓고 나뭇가지 위에 하늘
이 펼쳐 있다. 가만히 하늘을 들여다보려면 눈썹에 파란 물감
이 든다. 두 손으로 따뜻한 볼을 쓸어보면 손바닥에도 파란
물감이 묻어난다. 다시 손바닥을 들여다본다. 손금에는 맑은
강물이 흐르고, 맑은 강물이 흐르고, 강물 속에는 사랑처럼
슬픈 얼굴—아름다운 순이(順伊)의 얼굴이 어린다. 소년(少年)
은 황홀히 눈을 감아 본다. 그래도 맑은 강물은 흘러 사랑처
럼 슬픈 얼굴—아름다운 순이(順伊)의 얼굴은 어린다.

La mousme
Vincent van Gogh
1888

눈 오는 지도(地圖)

순이(順伊)가 떠난다는 아침에 말 못할 마음으로 함박눈이 내려, 슬픈 것처럼 창(窓) 밖에 아득히 깔린 지도(地圖) 위에 덮힌다. 방(房) 안을 돌아다 보아야 아무도 없다. 벽(壁)과 천정(天井)이 하얗다. 방(房) 안에까지 눈이 내리는 것일까, 정말 너는 잃어버린 역사(歷史)처럼 홀홀이 가는 것이냐, 떠나기 전(前)에 일러둘 말이 있던 것을 편지를 써서도 네가 가는 곳을 몰라 어느 거리, 어느 마을, 어느 지붕 밑, 너는 내 마음속에만 남아 있는 것이냐, 네 쪼고만 발자국을 눈이 자꾸 내려 덮여 따라갈 수도 없다. 눈이 녹으면 남은 발자국 자리마다 꽃이 피리니 꽃 사이로 발자국을 찾아 나서면 일 년(一年) 열두 달 하냥 내 마음에는 눈이 내리리라.

Snowy Landscape with Arles in the Background
Vincent van Gogh
1888

돌아와 보는 밤

세상으로부터 돌아오듯이 이제 내 좁은 방에 돌아와 불을
끄옵니다. 불을 켜두는 것은 너무나 피로롭은 일이옵니다.
그것은 낮의 연장(延長)이옵기에—

이제 창(窓)을 열어 공기(空氣)를 바꾸어 들어야 힐 덴데
밖을 가만히 내다보아야 방(房) 안과 같이 어두워 꼭 세상
같은데 비를 맞고 오던 길이 그대로 빗속에 젖어 있사옵니다.

하루의 울분을 씻을 바 없어 가만히 눈을 감으면
마음속으로 흐르는 소리, 이제, 사상(思想)이
능금처럼 저절로 익어가옵니다.

Vincent's Bedroom in Arles
Vincent van Gogh
1889

병원(病院)

살구나무 그늘로 얼굴을 가리고, 병원(病院) 뒤뜰에 누워, 젊은 여자(女子)가 흰 옷 아래로 하얀 다리를 드러내놓고 일광욕(日光浴)을 한다. 한나절이 기울도록 가슴을 앓는다는 이 여자(女子)를 찾아오는 이, 나비 한 마리도 없다. 슬프지도 않은 살구나무 가지에는 바람조차 없다.

나도 모를 아픔을 오래 참다 처음으로 이곳에 찾아왔다. 그러나 나의 늙은 의사는 젊은이의 병(病)을 모른다. 나한테는 병(病)이 없다고 한다. 이 지나친 시련(試鍊), 이 지나친 피로(疲勞), 나는 성내서는 안 된다.

여자(女子)는 자리에서 일어나 옷깃을 여미고 화단(花壇)에서 금잔화(金盞花) 한 포기를 따 가슴에 꽂고 병실(病室) 안으로 사라진다. 나는 그 여자(女子)의 건강(健康)이— 아니 내 건강(健康)이 속(速)히 회복(回復)되기를 바라며 그가 누웠던 자리에 누워본다.

The Entrance Hall of Saint-Paul Hospital
Vincent van Gogh
1889

새로운 길

내를 건너서 숲으로
고개를 넘어서 마을로

어제도 가고 오늘도 갈
나의 길 새로운 길

민들레가 피고 까치가 날고
아가씨가 지나고 바람이 일고

나의 길은 언제나 새로운 길
오늘도…… 내일도……

내를 건너서 숲으로
고개를 넘어서 마을로

Path in the Park at Arles
Vincent van Gogh
1888

간판(看板) 없는 거리

정거장(停車場) 플랫폼에
내렸을 때 아무도 없어,

다들 손님들뿐,
손님 같은 사람들뿐,

집집마다 간판(看板)이 없어
집 찾을 근심이 없어

뻘겋게
파랗게
불붙는 문자(文字)도 없어

모퉁이마다
자애(慈愛)로운 헌 와사등(瓦斯燈)에
불을 켜놓고,

손목을 잡으면
다들, 어진 사람들
다들, 어진 사람들

봄, 여름, 가을, 겨울,
순서로 돌아들고.

The Boulevard de Clichy
Vincent van Gogh
1887

태초(太初)의 아침

봄날 아침도 아니고
여름, 가을, 겨울,
그런 날 아침도 아닌 아침에

빨-간 꽃이 피어났네,
햇빛이 푸른데,

그 전(前) 날 밤에
그 전(前) 날 밤에
모든 것이 마련되었네,

사랑은 뱀과 함께
독(毒)은 어린 꽃과 함께

Wheatfield with cypress tree
Vincent van Gogh
1889

또 태초(太初)의 아침

하얗게 눈이 덮이었고
전신주(電信柱)가 잉잉 울어
하나님 말씀이 들려온다.

무슨 계시(啓示)일까.

빨리
봄이 오면
죄를 짓고
눈이
밝아

이브가 해산(解産)하는 수고를 다하면

무화과(無花果) 잎사귀로 부끄런 데를 가리고

나는 이마에 땀을 흘려야겠다.

Female Nude, Standing
Vincent van Gogh
1886

새벽이 올 때까지

다들 죽어가는 사람들에게
검은 옷을 입히시오.

다들 살아가는 사람들에게
흰 옷을 입히시오.

그리고 한 침대에
가지런히 잠을 재우시오.

다들 울거들랑
젖을 먹이시오.

이제 새벽이 오면
나팔 소리 들려올 게외다.

Woman with a Child on Her Lap
Vincent van Gogh
1883

무서운 시간(時間)

거 나를 부르는 것이 누구요.

가랑잎 이파리 푸르러 나오는 그늘인데,
나 아직 여기 호흡(呼吸)이 남아 있소.

한 번도 손들어 보지 못한 나를
손들어 표할 하늘도 없는 나를

어디에 내 한 몸 둘 하늘이 있어
나를 부르는 것이오.

일을 마치고 내 죽는 날 아침에는
서럽지도 않은 가랑잎이 떨어질 텐데……

나를 부르지 마오.

Self Portrait
Vincent van Gogh
1889

십자가(十字架)

쫓아오던 햇빛인데
지금 교회당(敎會堂) 꼭대기
십자가(十字架)에 걸리었습니다.

첨탑(尖塔)이 저렇게도 높은데
어떻게 올라갈 수 있을까요.

종(鐘)소리도 들려오지 않는데
휘파람이나 불며 서성거리다가,

괴로웠던 사나이
행복(幸福)한 예수 그리스도에게
처럼
십자가(十字架)가 허락(許諾)된다면

모가지를 드리우고
꽃처럼 피여나는 피를
어두워가는 하늘 밑에
조용히 흘리겠습니다.

The Church at Auvers
Vincent van Gogh
1890

바람이 불어

바람이 어디로부터 불어와
어디로 불려가는 것일까,

바람이 부는데
내 괴로움에는 이유(理由)가 없다.

내 괴로움에는 이유(理由)가 없을까,

단 한 여자(女子)를 사랑한 일도 없다.
시대(時代)를 슬퍼한 일도 없다.

바람이 자꾸 부는데
내 발이 반석 위에 섰다.

강물이 자꾸 흐르는데
내 발이 언덕 위에 섰다.

Self Portrait Dedicated to Paul Gauguin
Vincent van Gogh
1888

슬픈 족속

흰 수건이 검은 머리를 두르고
흰 고무신이 거친 발에 걸리우다.

흰 저고리 치마가 슬픈 몸집을 가리고
흰 띠가 가는 허리를 질끈 동이다.

Peasant Woman with a Rake after Millet
Vincent van Gogh
1889

눈 감고 간다

태양(太陽)을 사모하는 아이들아
별을 사랑하는 아이들아

밤이 어두웠는데
눈 감고 가거라.

가진 바 씨앗을
뿌리면서 가거라.

발뿌리에 돌이 채이거든
감았던 눈을 와짝 떠라.

Sower
Vincent van Gogh
1888

또 다른 고향(故鄕)

고향(故鄕)에 돌아온 날 밤에
내 백골(白骨)이 따라와 한 방에 누웠다.

어둔 방(房)은 우주(宇宙)로 통(通)하고
하늘에선가 소리처럼 바람이 불어온다.

어둠 속에 곱게 풍화작용(風化作用)하는
백골(白骨)을 들여다보며
눈물짓는 것이 내가 우는 것이냐
백골(白骨)이 우는 것이냐
아름다운 혼(魂)이 우는 것이냐

지조(志操) 높은 개는
밤을 새워 어둠을 짖는다.

어둠을 짖는 개는
나를 쫓는 것일 게다.

가자 가자
쫓기우는 사람처럼 가자.
백골(白骨) 몰래
아름다운 또 다른 고향(故鄕)에 가자.

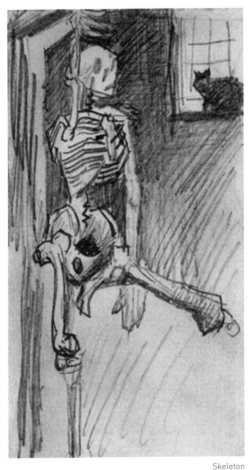

Skeleton
Vincent van Gogh
1886

길

잃어 버렸습니다.
무얼 어디다 잃었는지 몰라
두 손이 주머니를 더듬어
길게 나아갑니다.

돌과 돌과 돌이 끝없이 연달아
길은 돌담을 끼고 갑니다.

담은 쇠문을 굳게 닫아
길 위에 긴 그림자를 드리우고

길은 아침에서 저녁으로
저녁에서 아침으로 통했습니다.

돌담을 더듬어 눈물 짓다
처다보면 하늘은 부끄럽게 푸릅니다.

풀 한포기 없는 이 길을 걷는 것은
담 저쪽에 내가 남아 있는 까닭이고,

내가 사는 것은, 다만,
잃은 것을 찾는 까닭입니다.

Pollard Willows
Vincent van Gogh
1889

별 헤는 밤

계절(季節)이 지나가는 하늘에는
가을로 가득 차 있습니다.

나는 아무 걱정도 없이
가을 속의 별들을 다 헬 듯합니다.

가슴 속에 하나 둘 새겨지는 별을
이제 다 못 헤는 것은
쉬이 아침이 오는 까닭이오,
내일(來日) 밤이 남은 까닭이오,
아직 나의 청춘(靑春)이 다하지 않은 까닭입니다.

별 하나에 추억(追憶)과
별 하나에 사랑과
별 하나에 쓸쓸함과
별 하나에 동경(憧憬)과
별 하나에 시(詩)와
별 하나에 어머니, 어머니,

어머님, 나는 별 하나에 아름다운 말 한마디씩 불러봅니다.

소학교(小學校) 때 책상(册床)을 같이 했던 아이들의 이름과 패(佩), 경(佩), 옥(玉), 이런 이국소녀(異國少女)들의 이름과, 벌써 애기 어머니된 계집애들의 이름과, 가난한 이웃 사람들의 이름과, 비둘기, 강아지, 토끼, 노새, 노루, '프랑시스 잠', '라이너 마리아 릴케' 이런 시인(詩人)의 이름을 불러 봅니다.

이네들은 너무나 멀리 있습니다.
별이 아슬히 멀 듯이.

어머님,
그리고 당신은 멀리 북간도에 계십니다.

나는 무엇인지 그리워
이 많은 별빛이 내린 언덕 위에
내 이름자를 써보고
흙으로 덮어버리었습니다.

딴은 밤을 새워 우는 벌레는
부끄러운 이름을 슬퍼하는 까닭입니다.

그러나 겨울이 지나고 나의 별에도 봄이 오면
무덤 위에 파란 잔디가 피어나듯이
내 이름자 묻힌 언덕 위에도
자랑처럼 풀이 무성할 게외다.

The Starry Night
Vincent van Gogh
1889

Portrait of Madame Ginoux (L'Arlesienne)
Vincent van Gogh
1888

못 자는 밤

하나, 둘, 셋, 넷
....
밤은
많기도 하다.

Cafe Terrace, Place du Forum, Arles
Vincent van Gogh
1888

거리에서

달밤의 거리
광풍(狂風)이 휘날리는
북국(北國)의 거리
도시(都市)의 진주(眞珠)
전등(電燈) 밑을 헤엄치는
쪼그만 인어(人魚) 나,
달과 전등에 비쳐
한 몸에 둘셋의 그림자,
커졌다 작아졌다.

괴로움의 거리
회색(灰色)빛 밤거리를
걷고 있는 이 마음
선풍(旋風)이 일고 있네
외로우면서도
한 갈피 두 갈피
피여나는 마음의 그림자,
푸른 공상(空想)이
높아졌다 낮아졌다.

Bridge and Houses on the Corner of Herengracht-Prinsessegracht
Vincent van Gogh
1882

내일은 없다 – 어린 마음에 물은

내일 내일 하기에
물었더니
밤을 자고 동틀 때
내일이라고

새날을 찾던 나도
잠을 자고 돌보니,
그때는 내일이 아니라
오늘이더라.

무리여!
내일은 없나니
......

Two Children
Vincent van Gogh
1890

초 한 대

초 한 대—
내 방에 품긴 향내를 맡는다.

광명(光明)의 제단(祭壇)이 무너지기 전
나는 깨끗한 제물(祭物)을 보았다.

염소의 갈비뼈 같은 그의 몸
그의 생명(生命)인 심지(心志)까지
백옥(白玉) 같은 눈물과 피를 흘려 불살라 버린다.

그리고도 책머리에 아롱거리며
선녀처럼 촛불은 춤을 춘다.

매를 본 꿩이 도망가듯이
암흑(暗黑)이 창 구멍으로 도망한
나의 방에 품긴
제물(祭物)의 위대(偉大)한 향(香)내를 맛보노라.

Paul Gauguin's Armchair
Vincent van Gogh
1888

삶과 죽음

삶은 오늘도 죽음의 서곡(序曲)을 노래하였다.
이 노래가 언제나 끝나랴.

세상 사람은 —
뼈를 녹여내는 듯한 삶의 노래에
춤을 춘다.
사람들은 해가 넘어가기 전(前),
이 노래 끝의 공포(恐怖)를
생각할 사이가 없었다.

(나는 이것만은 알았다.
이 노래의 끝을 맛본 이들은
자기(自己)만 알고
다음 노래의 맛을 알으켜주지 아니하였다.)

하늘 복판에 아로새기듯이
이 노래를 부른 자(者)가 누구냐.
그리고 소낙비 그친 뒤같이도
이 노래를 그친 자(者)가 누구뇨.

죽고 뼈만 남은,
죽음의 승리자(勝利者) 위인(偉人)들!

Churchyard in Winter
Vincent van Gogh
1883

공상(空想)

공상(空想)—
내 마음의 탑(塔)
나는 말없이 이 탑(塔)을 쌓고 있다.
명예(名譽)와 허영(虛榮)의 천공(天空)에다,
무너질 줄도 모르고,
한 층 두 층 높이 쌓는다.

무한(無限)한 나의 공상(空想)—
그것은 내 마음의 바다,
나는 두 팔을 펼쳐서,
나의 바다에서
자유(自由)로이 헤엄친다.
황금(黃金) 지욕(知慾)의 수평선(水平線)을 향(向)하여.

Cottages and Cypresses Reminiscence of the North
Vincent van Gogh
1890

꿈은 깨어지고

꿈은 눈을 떴다,
그윽한 유무(幽霧)에서.

노래하는 종달이,
도망쳐 날아나고.

지난날 봄타령하던
금잔디 밭은 아니다.

탑(塔)은 무너졌다,
붉은 마음의 탑(塔)이―

손톱으로 새긴 대리석탑(大理石塔)이―
하루 저녁 폭풍(暴風)에 여지(餘地) 없이도,

오― 황폐(荒廢)의 쑥밭,
눈물과 목메임이여!

꿈은 깨어졌다,
탑(塔)은 무너졌다.

Old Man in Sorrow (On the Threshold of Eternity)
Vincent van Gogh
1890

남(南)쪽 하늘

제비는 두 나래를 가지었다.
스산한 가을날—

어머니의 젖가슴이 그리운
서리 내리는 저녁—
어린 영(靈)은 쪽나래의 향수(鄕愁)를 타고
남(南)쪽 하늘에 떠돌 뿐—

Wheatfield with Crows
Vincent van Gogh
1890

조개껍질 - 바닷물 소리 듣고 싶어

아롱다롱 조개껍데기
울 언니 바닷가에서
주어온 조개껍데기.

여긴 여긴 북쪽나라요
조개는 귀여운 선물
장난감 조개껍데기.

데굴데굴 굴리며 놀다,
짝 잃은 조개껍데기
한 짝을 그리워하네.

아롱아롱 조개껍데기
나처럼 그리워하네
물소리 바닷물소리.

Girl Kneeling
Vincent van Gogh
1881

고향 집 – 만주에서 부른

헌 짚신짝 끄을고
　　나 여기 왜 왔노
두만강을 건너서
　　쓸쓸한 이 땅에

남쪽 하늘 저 밑엔
　　따뜻한 내 고향
내 어머니 계신 곳
　　그리운 고향 집

Thatched Cottages in Jorgus
Vincent van Gogh
1890

병아리

"뾰, 뾰, 뾰
　엄마 젖 좀 주"
병아리 소리.

"꺽, 꺽, 꺽
　오냐 좀 기다려"
엄마닭 소리.

좀 있다가
병아리들은
엄마 품으로
다 들어갔지요.

Sketches of a Hen and a Cock
Vincent van Gogh
1890

오줌싸개 지도(地圖)

빨랫줄에 걸어논
    요에다 그린 지도는
지난밤에 내 동생
    오줌 쏴 그린 지도.
꿈에 가 본 엄마 계신,
    별나라 지돈가?
돈 벌러 간 아빠 계신,
    만주땅 지돈가?

Girl Kneeling by a Cradle
Vincent van Gogh
1883

창 구멍

바람 부는 새벽에 장터 가시는
우리 아빠 뒷자취 보고 싶어서
침을 발라 뚫어논 작은 창 구멍
아롱 아롱 아침해 비치웁니다.

눈 내리는 저녁에 나무 팔러간
우리 아빠 오시나 기다리다가
혀끝으로 뚫어논 작은 창 구멍
살랑 살랑 찬바람 날아듭니다.

Pollard Willow
Vincent van Gogh
1882

기왓장 내외

비 오는 날 저녁에 기왓장 내외
잃어버린 외아들 생각나선지
꼬부라진 잔등을 어루만지며
쭈룩쭈룩 구슬퍼 울음 웁니다.

대궐 지붕 위에서 기왓장 내외
아름답던 옛날이 그리워선지
주름 잡힌 얼굴을 어루만지며
물끄러미 하늘만 쳐다봅니다.

Wheat Field in Rain
Vincent van Gogh
1889

비둘기

안아보고 싶게 귀여운
산비둘기 일곱 마리
하늘 끝까지 보일 듯이 맑은 주일날 아침에
벼를 거두어 빽빽한 논에서
앞을 다투어 요를 주으며
어려운 이야기를 주고 받으오.

날씬한 두 나래로 조용한 공기를 흔들어
두 마리가 나오.
집에 새끼 생각이 나는 모양이오.

The Plough and the Harrow (after Millet)
Vincent van Gogh
1890

이별(離別)

눈이 오다, 물이 되는 날
잿빛 하늘에 또 뿌연 내, 그리고
크다란 기관차(機關車)는 빼―액― 울며,
쪼끄만, 가슴은, 울렁거린다.

이별이 너무 재빠르다, 안타깝게도,
사랑하는 사람을,
일터에서 만나자 하고―,
더운 손의 맛과 구슬 눈물이 마르기 전
기차는 꼬리를 산굽으로 돌렸다.

Landscape with Carriage and Train
Vincent van Gogh
1890

식권(食券)

식권은 하루 세끼를 준다,

식모는 젊은 아이들에게
한때 흰 그릇 셋을 준다,

대동강(大洞江) 물로 끓인 국,
평안도(平安道) 쌀로 지은 밥,
조선(朝鮮)의 매운 고추장,

식권은 우리 배를 부르게.

The Potato Eaters
Vincent van Gogh
1885

모란봉(牡丹峰)에서

앙당한 솔나무 가지에
훈훈한 바람의 날개가 스치고
얼음 섞인 대동강 물에
한나절 햇발이 미끄러지다.

허물어진 성터에서
철모르는 여아들이
저도 모를 이국말로
재잘대며 뜀을 뛰고

난데없는 자동차가 밉다.

The Gleize Bridge over the Vigneyret Canal
Vincent van Gogh
1888

황혼(黃昏)

햇살은 미닫이 틈으로
길죽한 일자를 쓰고…… 지우고……

까마귀떼 지붕 위로
둘, 둘, 셋, 넷, 자꾸 날아지난다.
쑥쑥, 꿈틀꿈틀 북쪽 하늘로,

내사…………
북쪽 하늘에 나래를 펴고 싶다.

Houses with Thatched Roofs
Vincent van Gogh
1884

가슴 1

소리 없는 북
답답하면 주먹으로
뚜드려 보오.

그래 봐도
후—
가—는 한숨보다 못하오.

Dr. Paul Gachet
Vincent van Gogh
1890

종달새

종달새는 이른 봄날
질디진 거리의 뒷골목이
싫더라.
명랑한 봄하늘,
가벼운 두 나래를 펴서
요염한 봄노래가
좋더라.
그러나
오늘도 구멍 뚫린 구두를 끌고,
홀렁홀렁 뒷거리 길로,
고기 새끼 같은 나는 헤매나니,
나래와 노래가 없음인가,
가슴이 답답하구나.

Portrait of Armand Roulin
Vincent van Gogh
1888

닭 1

한 간(間) 계사(鷄舍) 그 너머 창공(蒼空)이 깃들어
자유(自由)의 향토(鄕土)를 잊(忘)은 닭들이
시든 생활(生活)을 주절대고,
생산(生産)의 고로(苦勞)를 부르짖었다.

음산(陰酸)한 계사(鷄舍)에서 쏠려 나온
외래종(外來種) 레그혼,
학원(學園)에서 새 무리가 밀려나오는
삼월(三月)의 맑은 오후(午後)도 있다.

닭들은 녹아드는 두엄을 파기에
아담(雅淡)한 두 다리가 분주(奔走)하고
굶주렸던 주두리가 바지런하다.
두 눈이 붉게 여물도록—

The ballroom at Arles
Vincent van Gogh
1888

산상(山上)

거리가 바둑판처럼 보이고,
강물이 배암의 새끼처럼 기는
산(山) 위에까지 왔다.
아직쯤은 사람들이
바둑돌처럼 버려 있으리라.

한나절의 태양(太陽)이
함석지붕에만 비치고,
굼벵이 걸음을 하는 기차(汽車)가
정거장(停車場)에 섰다가 검은 내를 토(吐)하고
또, 걸음발을 탄다.

텐트 같은 하늘이 무너져
이 거리 덮을까 궁금하면서
좀더 높은 데로 올라가고 싶다.

View of Paris from Montmartre
Vincent van Gogh
1886

오후(午後)의 구장(球場)

늦은 봄 기다리던 토요일(土曜日)날
오후(午後) 세시(時半) 반(半)의 경성행(京城行) 열차(列車)는,
석탄연기(石炭煙氣)를 자욱이 품기고,
소리 치고 지나가고

한 몸을 끄을기에 강(强)하던
공이 자력(磁力)을 잃고
한모금의 물이
불 붙는 목을 축이기에
넉넉하다,
젊은 가슴의 피 순환(循環)이 잦고,
두 철각(鐵脚)이 늘어진다,

검은 기차(汽車) 연기(煙氣)와 함께
푸른 산(山)이
아지랑이 저쪽으로
가라앉는다.

Waiting Room
Vincent van Gogh
1882

이런 날

사이좋은 정문(正門)의 두 돌기둥 끝에서
오색기(五色旗)와 태양기(太陽旗)가 춤을 추는 날
금(線)을 그은 지역(地域)의 아이들이 즐거워하다.

아이들에게 하루의 건조(乾燥)한 학과(學課)로
햇말간 권태(勸怠)가 깃들고
「모순(矛盾)」 두 자를 이해(理解)치 못하도록
머리가 단순(理解)하였구나.

이런 날에는
잃어버린 완고(完固)하던 형을
부르고 싶다.

Entrance to the Moulin de la Galette
Vincent van Gogh
1887

양지(陽地)쪽

저쪽으로 황토(黃土) 실은 이 땅 봄바람이
호인(胡人)의 물레바퀴처럼 돌아 지나고
아롱진 사월(四月) 태양(太陽)의 손길이
벽(壁)을 등진 섧은 가슴마다 올올이 만진다.

지도(地圖)째기 놀음에 뉘 땅인 줄 모르는 애 둘이
한 뼘 손가락이 짧음을 한(限)함이여,

아서라! 가뜩이나 엷은 평화(平和)가
깨어질까 근심스럽다.

The Schoolboy (Camille Roulin)
Vincent van Gogh
1888

산림(山林)

시계(時計)가 자근자근 가슴을 때려
하잔한 마음을 산림(山林)이 부른다.

천년(千年) 오래인 연륜(年輪)에 짜들은 유암(幽暗)한 산림(山林)이,
고달픈 한몸을 포옹(抱擁)할 인연(因緣)을 가졌나 보다.

「산림(山林)의 검은 파동(波動) 위로부터
어둠은 어린 가슴을 짓밟는다.」

멀리 첫여름의 개구리 재질댐에
흘러간 마을의 과거(過去)가 아질타.

가지, 가지 사이로 반짝이는 별들만이
새날의 향연(饗宴)으로 나를 부른다.

발걸음을 멈추어
하나, 둘, 어둠을 헤아려본다
아득하다

문득 이파리를 흔드는 저녁바람에
솨— 무섬이 옮아오고.

The Alpilles with Olive Trees in the Foreground
Vincent van Gogh
1889

가슴 3

불 꺼진 화(火)독을
안고 도는 겨울밤은 깊었다.

재(灰)만 남은 가슴이
문풍지 소리에 떤다.

Sien with Cigar Sitting on the Floor near Stove
Vincent van Gogh
1882

곡간(谷間)

산들이 두 줄로 줄달음질 치고
여울이 소리쳐 목이 자졌다.
한여름의 햇님이 구름을 타고
이 골짜기를 빠르게도 건너련다.

산(山) 등어리에 송아지 뿔처럼
울뚝불뚝히 어린 바위가 솟고,
얼룩소의 보드러운 털이
산(山) 등서리에 퍼―렇게 자랐다.

삼 년(三年) 만에 고향(故鄕) 찾아드는
산골 나그네의 발걸음이
타박타박 땅을 고눈다.
벌거숭이 두루미 다리같이……

헌 신짝이 지팽이 끝에
모가지를 매달아 늘어지고,
까치가 새끼의 날발을 태우려
푸르룩 저 산(山)에 날 뿐 고요하다.

갓 쓴 양반 당나귀 타고 모른 척 지나고,
이 땅에 드물던 말 탈 섬나라 사람이
길을 묻고 지남이 이상한 일이다.
다시 골짝은 고요하다 나그네의 마음보다.

Les Alpilles, Mountain Landscape near South-Reme
Vincent van Gogh
1889

빨래

빨랫줄에 두 다리를 드리우고
흰 빨래들이 귓속 이야기하는 오후,

쨍쨍한 칠월 햇발은 고요히도
아담한 빨래에만 달린다.

Green Wheat Field with Cypress
Vincent van Gogh
1889

빗자루

요—리 조리 베면 저고리 되고
이—렇게 베면 큰 총 되지.
　누나하구 나하구
　　　가위로 종이 쏠았더니
　　　어머니가 빗자루 들고
　　　누나 하나 나 하나
　　　볼기짝을 때렸소
　　　방바닥이 어지럽다고

　　　아니 아—니
　　　고놈의 빗자루가
　　　방바닥 쓸기 싫으니
　　　그랬지 그랬어
패씸하여 벽장 속에 감췄더니
이튿날 아침 빗자루가 없다고
어머니가 야단이지요.

Woman with a Broom
Vincent van Gogh
1882

햇비

아씨처럼 내린다
보슬보슬 햇,비
맞아주자 다 같이
　　옥수숫대처럼 크게
　　닷 자 엿 자 자라게
　　햇님이 웃는다.
　　나 보고 웃는다.

하늘 다리 놓였다.
알롱알롱 무지개
노래하자, 즐겁게
　　동무들아 이리 오나.
　　다 같이 춤을 추자.
　　햇님이 웃는다.
　　즐거워 웃는다.

Olive Trees with Yellow Sky and Sun
Vincent van Gogh
1889

비행기

머리의 프로펠러가,
연자간 풍차보다
더— 빨리 돈다.

땅에서 오를 때보다
하늘에 높이 떠서는
빠르지 못하다
숨결이 찬 모양이야.

비행기는—
새처럼 나래를
펄럭거리지 못한다.
그리고 늘—
소리를 지른다
숨이 찬가 봐.

Moulin de la Galette
Vincent van Gogh
1886

가을밤

굿은 비 내리는 가을밤
벌거숭이 그대로
잠자리에서 뛰쳐나와
마루에 쭈그리고 서서
아이ㄴ 양 하고
솨— 오줌을 쏘오.

Girl with Pinafore, Half-Figure
Vincent van Gogh
1883

굴뚝

산골짜기 오막살이 낮은 굴뚝엔
몽기몽기 웬 내굴 대낮에 솟나.

감자를 굽는 게지. 총각 애들이
깜박깜박 검은 눈이 모여 앉아서,
입술에 꺼멓게 숯을 바르고,
옛이야기 한 커리에 감자 하나씩.

산골짜기 오막살이 낮은 굴뚝엔
살랑살랑 솟아나네 감자 굽는 내.

Cottages Reminiscence of the North
Vincent van Gogh
1890

무얼 먹구 사나

바닷가 사람
물고기 잡아먹구 살구
산골엣 사람
감자 구워먹구 살구
별나라 사람
무얼 먹구 사나.

Child with Orange
Vincent van Gogh
1890

봄 1

우리 애기는
아래 발치에서 코올코올,

고양이는
가마목에서 가릉가릉

애기 바람이
나뭇가지에 소올소올

아저씨 햇님이
하늘 한가운데서 째앵째앵.

Mother at the Cradle and Child Sitting on the Floor
Vincent van Gogh
1881

개 1

눈 위에서
개가
꽃을 그리며
뛰오.

Dog
Vincent van Gogh
1862

편지

누나!
이 겨울에도
눈이 가득히 왔습니다.

흰 봉투에
눈을 한 줌 넣고
글씨도 쓰지 말고
우표도 붙이지 말고
말쑥하게 그대로
편지를 부칠까요.

누나 가신 나라엔
눈이 아니 온다기에.

Young Girl Standing Against a Background of Wheat
Vincent van Gogh
1890

버선본

어머니!
누나 쓰다 버린 습자지는
두었다간 뭣에 쓰나요?

그런 줄 몰랐더니
습자지에다 내 버선 놓고
가위로 오려
버선본 만드는 걸.

어머니!
내가 쓰다 버린 몽당연필은
두었다간 뭣에 쓰나요?

그런 줄 몰랐더니
천 위에다 버선본 놓고
침 발라 점을 찍곤
내 버선 만드는 걸.

The Spinner (after Millet)
Vincent van Gogh
1889

사과

붉은 사과 한 개를
아버지 어머니
누나, 나, 넷이서
껍질째로 송치까지
다— 노나 먹었소.

Still Life with Apples
Vincent van Gogh
1887

눈

눈이
새하얗게 와서,
눈이
새물새물하오.

Snowy Landscape with Stooping Woman
Vincent van Gogh
1889

눈

지난밤에
눈이 소오복이 왔네

지붕이랑
길이랑 밭이랑
추워한다고
덮어주는 이불인가 봐

그러기에
추운 겨울에만 내리지

Snow-Covered Cottages, a Couple with a Child, and Other Walkers
Vincent van Gogh
1890

닭 2

― 닭은 나래가 커두
  왜, 날잖나요
― 아마 두엄 파기에
  홀, 잊었나 봐.

Cottage and Woman with Goat
Vincent van Gogh
1885

겨울

처마 밑에
시래기 다래미
바삭바삭
추워요.
    길바닥에
    말똥 동그래미
    달랑달랑
    얼어요.

View from the Window of Vincent's Studio in Winter
Vincent van Gogh
1883

호주머니

넣을 것 없어
걱정이던
호주머니는,

겨울만 되면
주먹 두 개 갑북갑북.

Boy with Cap and Clogs
Vincent van Gogh
1882

황혼(黃昏)이 바다가 되어

하루도 검푸른 물결에
흐느적 잠기고…… 잠기고……

저— 웬 검은 고기떼가
물든 바다를 날아 횡단(橫斷)할고,

낙엽(落葉)이 된 해초(海草)
해초(海草)마다 슬프기도 하오.

서창(西窓)에 걸린 해말간 풍경화(風景畵),
옷고름 너어는 고아(孤兒)의 설움.

이제 첫 항해(航海)하는 마음을 먹고
방바닥에 나뒹구오…… 뒹구오……

황혼(黃昏)이 바다가 되어
오늘도 수(數)많은 배가
나와 함께 이 물결에 잠겼을 게오.

Driveway
Vincent van Gogh
1872-1873

거짓부리

똑, 똑, 똑,
문 좀 열어주서요
하룻밤 자고 갑시다
　　밤은 깊고 날은 추운데,
　　거 누굴까?
문 열어주고 보니,
검둥이의 꼬리가,
거짓부리한걸.

꼬기요, 꼬기요,
달걀 낳았다.
간난아! 어서 집어 가거라.
　　간난이가 뛰어가 보니,
　　닭알은 무슨 닭알.
고놈의 알닭이
대낮에 새빨간
거짓부리한걸.

Girl Carrying a Loaf of Bread
Vincent van Gogh
1882

둘 다

바다도 푸르고
하늘도 푸르고

바다도 끝없고
하늘도 끝없고

바다에 돌 던지고
하늘에 침 뱉고

바다는 벙글
하늘은 잠잠.

Fishing Boats on the Beach at Saintes-Maries-de-la-Mer
Vincent van Gogh
1888

반딧불

가자, 가자, 가자,
숲으로 가자.
달조각을 주으러
숲으로 가자.

    그믐밤 반디불은
    부서진 달조각

가자, 가자, 가자,
숲으로 가자.
달조각을 주으러
숲으로 가자.

Public Garden with Couple and Blue Fir Tree (The Poet s Garden III)
Vincent van Gogh
1888

밤

외양간 당나귀
아-ㅇ 외마디 울음 울고,

당나귀 소리에
으-아 아 애기 소스라쳐 깨고,

등잔에 불을 다오.

아버지는 당나귀에게
짚을 한 키 담아 주고,

어머니는 애기에게
젖을 한 모금 먹이고,

밤은 다시 고요히 잠드오.

The Man is at Sea (after Demont-Breton)
Vincent van Gogh
1889

만돌이

만돌이가 학교에서 돌아오다가
전봇대 있는 데서
돌재기 다섯 개를 주웠습니다.

전봇대를 겨누고
돌 첫 개를 뿌렸습니다.
— 딱 —
두 개째 뿌렸습니다.
— 아뿔싸 —
세 개째 뿌렸습니다.
— 딱 —
네 개째 뿌렸습니다.
— 아뿔싸 —
다섯 개째 뿌렸습니다.
— 딱 —

다섯 개에 세 개……
그만하면 되었다.
내일 시험,
다섯 문제에, 세 문제만 하면—
손꼽아 구구를 하여봐도
허양 육십 점이다.
볼 거 있나 공 차러 가자.

그 이튿날 만돌이는
꼼짝 못하고 선생님한테
흰 종이를 바쳤을까요.
그렇잖으면 정말
육십 점을 맞았을까요.

Young Man with Cornflower
Vincent van Gogh
Date: 1890

나무

나무가 춤을 추면
　　바람이 불고,
나무가 잠잠하면
　　바람도 자오.

Mulberry Tree
Vincent van Gogh
1889

달 밤

흐르는 달의 흰 물결을 밀쳐
여윈 나무 그림자를 밟으며
북망산(北邙山)을 향(向)한 발걸음은 무거웁고
고독(孤獨)을 반려(伴侶)한 마음은 슬프기도 하다.

누가 있어만 싶던 묘지(墓地)엔 아무도 없고,
정적(靜寂)만이 군데군데 흰 물결에 폭 젖었다.

Houses with Thatched Roofs, Cordeville
Vincent van Gogh
1890

풍경(風景)

봄바람을 등진 초록빛 바다
쏟아질 듯 쏟아질 듯 위태롭다.

잔주름 치마폭의 두둥실거리는 물결은,
오스라질 듯 한껏 경쾌(輕快)롭다.

마스트 끝에 붉은 깃발이
여인(女人)의 머리칼처럼 나부낀다.

이 생생한 풍경(風景)을 앞세우며 뒤세우며
외-ㄴ 하루 거닐고 싶다.

──우중충한 오월(五月) 하늘 아래로,
──바닷빛 포기 포기에 수(繡)놓은 언덕으로.

Fishing boats on the Beach at Les Saintes-Maries-de-la-Mer
Vincent van Gogh
1888

한난계(寒暖計)

싸늘한 대리석(大理石) 기둥에 모가지를 비틀어 맨 한난계(寒暖計),
문득 들여다볼 수 있는 운명(運命)한 오척육촌(五尺六寸)의 허리 가는
수은주(水銀柱),
마음은 유리관(琉璃管)보다 맑소이다.

혈관(血管)이 단조(單調)로워 신경질(神經質)인 여론동물(輿論動物),
가끔 분수(噴水) 같은 냉(冷)침을 억지로 삼키기에,
정력(精力)을 낭비(浪費)합니다.

영하(零下)로 손가락질할 수돌네 방(房)처럼 추운 겨울보다
해바라기가 만발(滿發)할 팔월(八月) 교정(校庭)이 이상(理想) 곱소이다
피 끓을 그날이——

어제는 막 소낙비가 퍼붓더니 오늘은 좋은 날씨올시다.
동저고리 바람에 언덕으로, 숲으로 하시구려—
이렇게 가만가만 혼자서 귓속 이야기를 하였습니다.
나는 또 내가 모르는 사이에—

나는 아마도 진실(眞實)한 세기(世紀)의 계절(季節)을 따라,
하늘만 보이는 울타리 안을 뛰쳐
역사(歷史) 같은 포지션을 지켜야 봅니다.

View of Auvers with Church
Vincent van Gogh
1890

그 여자(女子)

함께 핀 꽃에 처음 익은 능금은
먼저 떨어졌습니다.

오늘도 가을바람은 그냥 붑니다.

길가에 떨어진 붉은 능금은
지나는 손님이 집어 갔습니다.

Portrait of Adeline Ravoux
Vincent van Gogh
1890

소낙비

번개, 뇌성, 와자지근 뚜다려
머-ㄴ 도회지(都會地)에 낙뢰(落雷)가 있만 싶다.

벼룻장 엎어논 하늘로
살 같은 비가 살처럼 쏟아진다.

손바닥만한 나의 정원(庭園)이
마음같이 흐린 호수(湖水)되기 일쑤다.

바람이 팽이처럼 돈다.
나무가 머리를 이루 잡지 못한다.

내 경건(敬虔)한 마음을 모셔들여
노아 때 하늘을 한모금 마시다.

Landscape under a Stormy Sky
Vincent van Gogh
1888

비애(悲哀)

호젓한 세기(世紀)의 달을 따라
알 듯 모를 듯한 데로 거닐과저!

아닌 밤중에 튀기듯이
잠자리를 뛰쳐
끝없는 광야(曠野)를 홀로 거니는
사람의 심사(心思)는 외로우려니

아― 이 젊은이는
피라미드처럼 슬프구나.

Head of a Young Man
Vincent van Gogh
1885

명상(瞑想)

가즐가즐한 머리칼은 오막살이 처마끝,
쉬파람에 콧마루가 서운한 양 간질키오.

들창(窓) 같은 눈은 가볍게 닫혀,
이 밤에 연정(戀情)은 어둠처럼 골골이 스며드오.

Head of a Woman
Vincent van Gogh
1886

비로봉(毘盧峯)

만상(萬象)을
굽어보기란—

무릎이
오들오들 떨린다.

백화(白樺)
어려서 늙었다.

새가
나비가 된다.

정말 구름이
비가 된다.

옷자락이
춥다.

Mount Gaussier with the Mas de Saint-Paul
Vincent van Gogh
1889

바다

실어다 뿌리는
바람조차 시원타.

솔나무 가지마다 새침히
고개를 돌리어 뼈들어지고,

밀치고
밀치운다.

이랑을 넘는 물결은
폭포처럼 피어오른다.

해변에 아이들이 모인다.
찰찰 손을 씻고 구보로.

바다는 자꾸 섧어진다,
갈매기의 노래에……

돌아다보고 돌아다보고
돌아가는 오늘의 바다여!

View of the Sea at Scheveningen
Vincent van Gogh
1882

산협(山峽)의 오후(午後)

내 노래는 오히려
섧은 산울림.

골짜기 길에
떨어진 그림자는
너무나 슬프구나.

오후의 명상(瞑想)은
아— 졸려.

Mountains at Saint-Remy with Dark Cottage
Vincent van Gogh
1889

창(窓)

쉬는 시간(時間)마다
나는 창(窓)녘으로 갑니다.

— 창(窓)은 산 가르침.

이글이글 불을 피워주소,
이 방에 찬 것이 서립니다.

단풍잎 하나
맴도나 보니
아마도 자그마한 선풍(旋風)이 인 게외다.

그래도 싸느란 유리창에
햇살이 쨍쨍한 무렵,
상학종(上學鐘)이 울어만 싶습니다.

Window in the Bataille Restaurant
Vincent van Gogh
1887

유언(遺言)

휘−ㄴ 한 방(房)에
유언(遺言)은 소리 없는 입놀림.

　바다에 진주(眞珠) 캐러 갔다는 아들
　해녀(海女)와 사랑을 속삭인다는 맏아들
　이 밤에사 돌아오나 내다 봐라—

평생(平生) 외롭던 아버지의 운명(殞命)
감기우는 눈에 슬픔이 어린다.

외딴 집에 개가 짖고
휘양찬 달이 문살에 흐르는 밤.

White House at Night
Vincent van Gogh
1890

산울림

까치가 울어서
산울림,
아무도 못들은
산울림.

까치가 들었다
산울림,
저혼자 들었다
산울림.

The ravine of the Peyroulets
Vincent van Gogh
1889

비 오는 밤

솨! 철석! 파도소리 문살에 부서져
잠 살포시 꿈이 흩어진다.

잠은 한낱 검은 고래 떼처럼 설레어,
달랠 아무런 재주도 없다.

불을 밝혀 잠옷을 정성스리 여미는
삼경(三更),
염원(念願).

동경(憧憬)의 땅 강남(江南)에 또 홍수(洪水)질
것만 시퍼,
바다의 향수(鄕愁)보다 더 호젓해진다.

A View of Paris with the Op
Vincent van Gogh
1886

사랑의 전당(殿堂)

순(順)아 너는 내 전(殿)에 언제 들어왔던 것이냐?
내사 언제 네 전(殿)에 들어갔던 것이냐?

우리들의 전당(殿堂)은
고풍(古風)한 풍습(風習)이 어린 사랑의 전당(殿堂)

순(順)아 암사슴처럼 수정(水晶) 눈을 내려 감아라.
난 사자처럼 엉클린 머리를 고르련다.

우리들의 사랑은 한낱 벙어리였다.

성(聖)스런 촛대에 열(熱)한 불이 꺼지기 전(前)
순(順)아 너는 앞문으로 내달려라.

어둠과 바람이 우리 창(窓)에 부닥치기 전(前)
나는 영원(永遠)한 사랑을 안은 채
뒷문(門)으로 멀리 사라지련다.

이제
네게는 삼림(森林) 속의 아늑한 호수(湖水)가 있고
내게는 준험(峻險)한 산맥(山脈)이 있다.

Young Peasant Girl in a Straw Hat sitting in front of a wheatfield
Vincent van Gogh
1890

이적(異蹟)

발에 터분한 것을 다 빼어 버리고
황혼(黃昏)이 호수(湖水) 위로 걸어오듯이
나도 사뿐사뿐 걸어 보리이까?

내사 이 호수(湖水)가로
부르는 이 없이
불리워 온 것은
참말 이적(異蹟)이외다.

오늘 따라
연정(戀情), 자홀(自惚), 시기(猜忌), 이것들이
자꾸 금(金)메달처럼 만져지는구려.

하나, 내 모든 것을 여념(餘念) 없이,
물결에 써서 보내려니
당신은 호면(湖面)으로 나를 불러내소서.

Sailing Boat on the Seine at Asnieres
Vincent van Gogh
1887

아우의 인상화(印象畫)

붉은 이마에 싸늘한 달이 서리어
아우의 얼굴은 슬픈 그림이다.

발걸음을 멈추어
살그머니 앳된 손을 잡으며
"늬는 자라 무엇이 되려니"
"사람이 되지"
아우의 설운 진정코 설운 대답(對答)이다.

슬머시 잡았던 손을 놓고
아우의 얼굴을 다시 들여다 본다.

싸늘한 달이 붉은 이마에 젖어,
아우의 얼굴은 슬픈 그림이다.

Portrait of Camille Roulin
Vincent van Gogh
1888

코스모스

청초(清楚)한 코스모스는
오직 하나인 나의 아가씨,

달빛이 싸늘히 추운 밤이면
옛 소녀(少女)가 못 견디게 그리워
코스모스 핀 정원(庭園)으로 찾아간다.

코스모스는
귀또리 울음에도 수줍어지고,

코스모스 앞에 선 나는
어렸을 적처럼 부끄러워지나니,

내 마음은 코스모스의 마음이오
코스모스의 마음은 내 마음이다.

Mademoiselle Gachet in her garden at Auvers-sur-Oise
Vincent van Gogh
1890

고추밭

시들은 잎새 속에서
고 빨-간 살을 드러내 놓고,
고추는 방년(芳年)된 아가씬 양
땡볕에 자꾸 익어 간다.

할머니는 바구니를 들고
밭머리에서 어정거리고
손가락 너어는 아이는
할머니 뒤만 따른다.

Landscape with House and Ploughman
Vincent van Gogh
1889

햇빛 · 바람

손가락에 침 발러
쏘옥, 쏙, 쏙,
장에 가는 엄마 내다보려
문풍지를
쏘옥, 쏙, 쏙,

아침에 햇빛이 반짝,

손가락에 침 발러
쏘옥, 쏙, 쏙,
장에 가신 엄마 돌아오나
문풍지를
쏘옥, 쏙, 쏙,

저녁에 바람이 솔솔.

Two Women Crossing the Fields
Vincent van Gogh
1890

해바라기 얼굴

누나의 얼굴은
　　해바라기 얼굴
해가 금방 뜨자
　　일터에 간다.

해바라기 얼굴은
　　누나의 얼굴
얼굴이 숙어 들어
　　집으로 온다.

The Garden with Sunflower
Vincent van Gogh
1887

애기의 새벽

우리집에는
닭도 없단다.
다만
애기가 젖 달라 울어서
새벽이 된다.

우리집에는
시계도 없단다.
다만
애기가 젖 달라 보채어
새벽이 된다.

Mother Roulin with Her Baby
Vincent van Gogh
1888

귀뚜라미와 나와

귀뚜라미와 나와
잔디밭에서 이야기했다.

귀뜰귀뜰
귀뜰귀뜰

아무에게도 알으켜 주지 말고
우리 둘만 알자고 약속했다.

귀뜰귀뜰
귀뜰귀뜰

귀뚜라미와 나와
달 밝은 밤에 이야기했다.

Wheat Field behind Saint-Paul Hospital with a Reaper
Vincent van Gogh
1889

달같이

연륜(年輪)이 자라듯이
달이 자라는 고요한 밤에
달같이 외로운 사랑이
가슴 하나 뻐근히
연륜(年輪)처럼 피여나간다.

Melancholy
Vincent van Gogh
1883

장미(薔薇) 병(病)들어

장미 병들어
옮겨 놓을 이웃이 없도다.

달랑달랑 외로히
황마차(幌馬車) 태워 산(山)에 보낼거나

뚜—— 구슬피
화륜선(火輪船) 태워 대양(大洋)에 보낼거나

프로펠러 소리 요란히
비행기(飛行機) 태워 성층권(成層圈)에 보낼거나

이것저것
다 그만두고

자라가는 아들이 꿈을 깨기 전(前)
이내 가슴에 묻어다오!

Still Life - Pink Roses
Vincent van Gogh
1890

투르게네프의 언덕

나는 고개길을 넘고 있었다…… 그때 세 소년(少年) 거지가 나를 지나쳤다.

첫째 아이는 잔등에 바구니를 둘러메고, 바구니 속에는 사이다병, 간즈메통 쇳조각, 헌 양말짝 등(等) 폐물(廢物)이 가득하였다.

둘째 아이도 그러하였다.

세째 아이도 그러하였다.

텁수룩한 머리털, 시커먼 얼굴에 눈물 고인 충혈(充血)된 눈, 색(色) 잃어 푸르스름한 입술, 너들너들한 남루(襤褸), 찢겨진 맨발,

아― 얼마나 무서운 가난이 이 어린 소년(少年)들을 삼키었느냐!

나는 측은(惻隱)한 마음이 움직이었다.

나는 호주머니를 뒤지었다. 두툼한 지갑, 시계(時計), 손수건…… 있을 것은 죄다 있었다.

그러나 무턱대고 이것들을 내줄 용기(勇氣)는 없었다. 손으로 만지작만지작 거릴 뿐이었다.

다정(多情)스레 이야기나 하리라 하고 "애들아" 불러 보았다.

첫째 아이가 충혈(充血)된 눈으로 흘끔 돌아다볼 뿐이었다.

둘째 아이도 그러할 뿐이었다.

셋째 아이도 그러할 뿐이었다.

그리고는 너는 상관(相關)없다는 듯이 자기(自己)네끼리 소근소근 이야기하면서 고개로 넘어갔다.

언덕 위에는 아무도 없었다.

짙어가는 황혼(黃昏)이 밀려들 뿐—

View of Roofs and Backs of Houses
Vincent van Gogh
1886

산골물

괴로운 사람아 괴로운 사람아
옷자락 물결 속에서도
가슴 속 깊이 돌돌 샘물이 흘러
이 밤을 더불어 말할 이 없도다.
거리의 소음과 노래 부를 수 없도다.
그신 듯이 냇가에 앉았으니
사랑과 일을 거리에 맡기고
가만히 가만히
바다로 가자,
바다로 가자.

Coal Barges
Vincent van Gogh
1888

팔복(八福) – 마태복음 5장 3~12절

슬퍼하는 자는 복이 있나니
슬퍼하는 자는 복이 있나니
슬퍼하는 자는 복이 있나니
슬퍼하는 자는 복이 있나니
슬퍼하는 자는 복이 있나니
슬퍼하는 자는 복이 있나니
슬퍼하는 자는 복이 있나니
슬퍼하는 자는 복이 있나니

저희가 영원(永遠)히 슬플 것이오.

Sorrow
Vincent van Gogh
1882

위로(慰勞)

거미란 놈이 흉한 심보로 병원(病院) 뒤뜰 난간과 꽃밭 사이
사람 발이 잘 닿지 않는 곳에 그물을 쳐놓았다. 옥외(屋外)
요양(療養)을 받는 젊은 사나이가 누워서 치어다 보기 바르게―

나비가 한 마리 꽃밭에 날아 들다 그물에 걸리었다. 노―란
날개를 파득거려도 파득거려도 나비는 자꾸 감기우기만 한다.
거미가 쏜살같이 가더니 끝없는 끝없는 실을 뽑아 나비의 온몸을
감아 버린다. 사나이는 긴 한숨을 쉬었다.

나이(歲)보담 무수한 고생 끝에 때를 잃고 병(病)을 얻은
이 사나이를 위로(慰勞)할 말이― 거미줄을 헝클어버리는 것밖에
위로(慰勞)의 말이 없었다.

Daubigny's Garden
Vincent van Gogh
1890

쉽게 쓰여진 시(詩)

창(窓) 밖에 밤비가 속살거려
육첩방(六疊房)은 남의 나라,

시인(詩人)이란 슬픈 천명(天命)인 줄 알면서도
한 줄 시(詩)를 적어볼까.

땀내와 사랑내 포근히 품긴
보내주신 학비봉투(學費封套)를 받아

대학(大學) 노-트를 끼고
늙은 교수(敎授)의 강의(講義) 들으러 간다.

생각해 보면 어린 때 동무를
하나, 둘, 죄다 잃어버리고

나는 무얼 바라
나는 다만, 홀로 침전(沈澱)하는 것일까

인생(人生)은 살기 어렵다는데
시(詩)가 이렇게 쉽게 쓰여지는 것은
부끄러운 일이다.

육첩방(六疊房)은 남의 나라.
창(窓) 밖에 밤비가 속살거리는데,

등불을 밝혀 어둠을 조금 내몰고,
시대(時代)처럼 올 아침을 기다리는 최후(最後)의 나,

나는 나에게 적은 손을 내밀어
눈물과 위안(慰安)으로 잡는 최초(最初)의 악수(握手).

Corridor in Saint-Paul Hospital
Vincent van Gogh
1889

Still Life - French Novels and Rose
Vincent van Gogh
1888

사랑스런 추억(追憶)

봄이 오던 아침, 서울 어느 쪼그만 정거장(停車場)에서
희망(希望)과 사랑처럼 기차(汽車)를 기다려,

나는 플랫폼에 간신한 그림자를 떨어트리고,
담배를 피웠다.

내 그림자는 담배 연기 그림자를 날리고,
비둘기 한 떼가 부끄러울 것도 없이
나래 속을 속, 속, 햇빛에 비춰, 날았다.

기차(汽車)는 아무 새로운 소식도 없이
나를 멀리 실어다 주어,

봄은 다 가고— 동경 교외(東京郊外) 어느 조용한
하숙방(下宿房)에서, 옛거리에 남은 나를 희망(希望)과
사랑처럼 그리워한다.

오늘도 기차(汽車)는 몇 번이나 무의미(無意味)하게 지나가고,

오늘도 나는 누구를 기다려 정거장(停車場) 가까운
언덕에서 서성거릴 게다.

—— 아아 젊음은 오래 거기 남아 있거라.

Boulevard de Clichy
Vincent van Gogh
1887

참회록(懺悔錄)

파란 녹이 낀 구리거울 속에
내 얼굴이 남아 있는 것은
어느 왕조(王朝)의 유물(遺物)이기에
이다지도 욕될까.

나는 나의 참회(懺悔)의 글을 한 줄에 줄이자.
— 만 이십사년(滿二十四年) 일개월(一個月)을
　　무슨 기쁨을 바라 살아왔던가.

내일이나 모레나 그 어느 즐거운 날에
나는 또 한 줄의 참회록(懺悔錄)을 써야 한다.
— 그때 그 젊은 나이에
　　왜 그런 부끄런 고백(告白)을 했던가.

밤이면 밤마다 나의 거울을
손바닥으로 발바닥으로 닦아 보자.

그러면 어느 운석(隕石) 밑으로 홀로 걸어가는
슬픈 사람의 뒷모양이
거울 속에 나타나 온다.

Self Portrait with Bandaged Ear
Vincent van Gogh
1889

봄 2

봄이 혈관(血管) 속에 시내처럼 흘러
돌, 돌, 시내 가까운 언덕에
개나리, 진달래, 노—란 배추꽃

삼동(三冬)을 참아온 나는
풀포기처럼 피어난다.

즐거운 종달새야
어느 이랑에서나 즐거웁게 솟처라.

푸르른 하늘은
아른, 아른, 높기도 한데……

Flowering Garden
Vincent van Gogh
1888

간(肝)

바닷가 햇빛 바른 바위 위에
습한 간(肝)을 펴서 말리우자,

코카서스 산중(山中)에서 도망해온 토끼처럼
둘러리를 빙빙 돌며 간(肝)을 지키자.

내가 오래 기르던 여윈 독수리야!
와서 뜯어먹어라, 시름없이

너는 살지고
나는 여위어야지, 그러나,

거북이야!
다시는 용궁(龍宮)의 유혹(誘惑)에 안 떨어진다.

프로메테우스 불쌍한 프로메테우스
불 도적한 죄로 목에 맷돌을 달고
끝없이 침전(沈澱)하는 프로메테우스.

Field with Two Rabbits
Vincent van Gogh
1889

흰 그림자

황혼(黃昏)이 짙어지는 길모금에서
하루 종일 시들은 귀를 가만히 기울이면
땅거미 옮겨지는 발자취 소리,

발자취 소리를 들을 수 있도록
나는 총명했던가요.

이제 어리석게도 모든 것을 깨달은 다음
오래 마음 깊은 속에
괴로워하던 수많은 나를
하나, 둘 제 고향으로 돌려보내면
거리 모퉁이 어둠 속으로
소리 없이 사라지는 흰 그림자,

흰 그림자를
연연히 사랑하던 흰 그림자들,

내 모든 것을 돌려보낸 뒤
허전히 뒷골목을 돌아
황혼(黃昏)처럼 물드는 내 방으로 돌아오면

신념(信念)이 깊은 의젓한 양(羊)처럼
하루 종일 시름없이 풀포기나 뜯자.

View from the Apartment in the Rue Lepic
Vincent van Gogh
1887

흐르는 거리

으스름히 안개가 흐른다. 거리가 흘러간다.
저 전차(電車), 자동차(自動車), 모든 바퀴가 어디로 흘리워 가는
것일까? 정박(碇泊)할 아무 항구(港口)도 없이, 가련한 많은 사람들을
싣고서, 안개 속에 잠긴 거리는,

거리 모퉁이 붉은 포스트 상자를 붙잡고 섰을라면 모든 것이
흐르는 속에 어렴풋이 빛나는 가로등(街路燈), 꺼지지 않는 것은
무슨 상징(象徵)일까? 사랑하는 동무 박(朴)이여! 그리고 김(金)이여!
자네들은 지금 어디 있는가? 끝없이 안개가 흐르는데,

"새로운 날 아침 우리 다시 정(情)답게 손목을 잡아 보세"
몇 자(字) 적어 포스트 속에 떨어트리고, 밤을 새워 기다리면
금휘장(金徽章)에 금(金) 단추를 끼웠고 거인(巨人)처럼 찬란히
나타나는 배달부(配達夫), 아침과 함께 즐거운 내림(來臨),

이 밤을 하염없이 안개가 흐른다.

People Walking in Front of the Palais du Luxembourg
Vincent van Gogh
1886

울적(鬱寂)

처음 피워본 담배맛은
아침까지 목 안에서 간질간질 타.

어젯밤에 하도 울적(鬱寂)하기에
가만히 한 대 피워 보았더니.

Girl with Straw Hat, Sitting in the Wheat
Vincent van Gogh
1890

창공(蒼空)

그 여름날
열정(熱情)의 포플러는
오려는 창공(蒼空)의 푸른 젖가슴을
어루만지려
팔을 펼쳐 흔들거렸다.
끓는 태양(太陽) 그늘 좁다란 지점(地點)에서.

천막(天幕) 같은 하늘 밑에서
떠들던 소나기
그리고 번개를,
춤추던 구름은 이끌고
남방(南方)으로 도망하고,
높다랗게 창공(蒼空)은 한 폭으로
가지 위에 퍼지고
둥근 달과 기러기를 불러왔다.

푸드른 어린 마음이 이상(理想)에 타고,
그의 동경(憧憬)의 날 가을에
조락(凋落)의 눈물을 비웃다.

Wheatfields under Thunderclouds
Vincent van Gogh
1890

가슴 2

늦은 가을 쓰르래미
숲에 싸여 공포에 떨고,

웃음 웃는 흰 달 생각이
도망가오.

Landscape with Couple Walking and Crescent Moon
Vincent van Gogh
1890

참새

가을 지난 마당을
　　백로지인 양
참새들이
　　글씨공부하지요.

쨱, 쨱,
　　입으론
　　　　부르면서,
두 발로는
　　글씨공부하지요.

하루 종일
　　글씨공부하여도
쨱 자 한 자
　　밖에
　　　　더 못쓰는 걸.

Snowy Yard
Vincent van Gogh
1883

아침

휙, 휙, 휙, 소꼬리가 부드러운 채찍질로
어둠을 쫓아,
캄, 캄, 어둠이 깊다 깊다 밝으오.

이제 이 동리의 아침이
풀살 오는 소엉덩이처럼 푸르오.
이 동리 콩죽 먹은 사람들이
땀물을 뿌려 이 여름을 길렀소.

잎, 잎, 풀잎마다 땀방울이 맺혔소.

구김살 없는 이 아침을
심호흡(深呼吸)하오 또 하오.

Wheatfield with Mountains in the Background
Vincent van Gogh
1889

할아버지

왜 떡이 씁은 데도
자꾸 달다고 하오.

Portrait of Patience Escalier
Vincent van Gogh
1888

개 2

"이 개 더럽잖니"
아—니 이웃집 덜렁 수캐가
오늘 어슬렁어슬렁 우리집으로 오더니
우리집 바둑이의 밑구멍에다 코를 대고
씩씩 내를 맡겠지 더러운 줄도 모르고,
보기 흉해서 막 차며 욕해 쫓았더니
꼬리를 휘휘 저으며
너희들보다 어떻겠냐 하는 상으로
뛰어가겠지요 나—참.

Woman Walking Her Dog
Vincent van Gogh
1886

장

이른 아침 아낙네들은 시들은 생활(生活)을
바구니 하나 가득 담아 이고……
업고 지고…… 안고 들고……
모여드오 자꾸 장에 모여드오.

가난한 생활(生活)을 골골이 벌여놓고
밀려가고…… 밀려오고……
저마다 생활(生活)을 외치오…… 싸우오.

온 하루 올망졸망한 생활(生活)을
되질하고 저울질하고 자질하다가
날이 저물어 아낙네들이
씁은 생활(生活)과 바꾸어 또 이고 돌아가오.

Breton Women
Vincent van Gogh
1888

야행(夜行)

정각(正刻)! 마음이 아픈 데 있어 고약(膏藥)을 붙이고
시들은 다리를 끄을고 떠나는 행장(行裝),
――― 기적(汽笛)이 들리잖게 운다.
사랑스런 여인(女人)이 타박타박 땅을 굴려 쫓기에
하도 무서워 상가교(上架橋)를 기어 넘다.
――― 이제로부터 등산철도(登山鐵道),
이윽고 사색(思索)의 포플러 터널로 들어간다.
시(詩)라는 것을 반추(反芻)하다. 마땅히 반추(反芻)하여야 한다.
――― 저녁 연기(煙氣)가 노을로 된 이후(以後),
휘파람 부는 햇귀뚜라미의
노래는 마디마디 끊어져
그믐달처럼 호젓하게 슬프다.
니는 노래 배울 어머니도 아버지도 없나 보다.
――― 니는 다리 가는 쬐그만 보헤미안,
내사 보리밭 동리에 어머니도 누나도 있다.
그네는 노래 부를 줄 몰라
오늘밤도 그윽한 한숨으로 보내리니――

244

Barn with Moss-Covered Roof
Vincent van Gogh
1881

빗 뒤

"어 — 얼마나 반가운 비냐"
할아버지의 즐거움.

가물 들었던 곡식 자라는 소리
할아버지 담배 빠는 소리와 같다.

빗 뒤의 햇살은
풀잎에 아름답기도 하다.

Landscape in the Rain
Vincent van Gogh
1890

어머니

어머니!
젖을 빨려 이 마음을 달래어 주시오.
이 밤이 자꾸 서러워지나이다.

이 아이는 턱에 수염자리 잡히도록
무엇을 먹고 자랐나이까
오늘도 흰 주먹이
입에 그대로 물려 있나이다.

어머니
부서진 납인형도 슬혀진 지
벌써 오랩니다.

철비가 후누주군이 내리는 이 밤을
주먹이나 빨면서 새우리까
어머니! 그 어진 손으로
이 울음을 달래어 주시오.

Nude Woman, Half-Length
Vincent van Gogh
1882

가로수(街路樹)

가로수(街路樹), 단출한 그늘 밑에
구두술 같은 혓바닥으로
무심(無心)히 구두술을 핥는 시름.

때는 오정(午正). 싸이렌,
어디로 갈 것이냐?

□시 그늘은 맴돌고.
따라 사나이도 맴돌고.

On the Outskirts of Paris
Vincent van Gogh
1887

달을 쏘다

번거롭던 사위(四圍)가 잠잠해지고 시계 소리가 또렷하나 보니 밤은 저윽이 깊을 대로 깊은 모양이다. 보던 책자를 책상머리에 밀어놓고 잠자리를 수습한 다음 잠옷을 걸치는 것이다. "딱" 스위치 소리와 함께 전등을 끄고 창녘의 침대에 드러누우니 이때까지 밝은 휘양찬 달 밤이었던 것을 감각치 못하였었다. 이것도 밝은 전등의 혜택이었을까.

나의 누추한 방이 달빛에 잠겨 아름다운 그림이 된다는 것보담도 오히려 슬픈 선창(船艙)이 되는 것이다. 창살이 이마로부터 콧마루, 입술, 이렇게 하얀 가슴에 여맨 손등에까지 어른거려 나의 마음을 간지르는 것이다. 옆에 누운 분의 숨소리에 방은 무시무시해진다. 아이처럼 황황해지는 가슴에 눈을 치떠서 밖을 내다보니 가을 하늘은 역시 맑고 우거진 송림은 한 폭의 묵화다. 달빛은 솔가지에 쏟아져 바람인 양 솨― 소리가 날 듯하다. 들리는 것은 시계 소리와 숨소리와 귀또리 울음뿐 벅적대던 기숙사도 절간보다 더 한층 고요한 것이 아니냐?

나는 깊은 사념에 잠기우기 한창이다.

딴은 사랑스런 아가씨를 사유(私有)할 수 있는 아름다운 상화(想華)도 좋고, 어릴 적 미련을 두고 온 고향에의 향수도 좋거니와 그보담 손쉽게 표현 못할 심각한 그 무엇이 있다.

Road with Cypresses
Vincent van Gogh
1890

바다를 건너 온 H군의 편지 사연을 곰곰 생각할수록 사람과 사람 사이의 감정이란 미묘한 것이다. 감상적인 그에게도 필연코 가을은 왔나 보다.

편지는 너무나 지나치지 않았던가, 그중 한 토막,
'군아, 나는 지금 울며울며 이 글을 쓴다. 이 밤도 달이 뜨고, 바람이 불고, 인간인 까닭에 가을이란 흙냄새도 안다. 정의 눈물, 따뜻한 예술학도였던 정의 눈물도 이 밤이 마지막이다.'

또 마지막 켠으로 이런 구절이 있다.

'당신은 나를 영원히 쫓아 버리는 것이 정직할 것이오.'

나는 이 글의 뉘앙스를 해득할 수 있다.

그러나 사실 나는 그에게 아픈 소리 한 마디 한 일이 없고 서러운 글 한 쪽 보낸 일이 없지 아니한가. 생각컨대 이 죄는 다만 가을에게 지워 보낼 수밖에 없다.

홍안서생(紅顔書生)으로 이런 단안을 내리는 것은 외람한 일이나 동무란 한낱 괴로운 존재요, 우정이란 진정코 위태로운 잔에 떠 놓은 물이다. 이 말을 반대할 자 누구랴. 그러나 지기(知己) 하나 얻기 힘든다 하거늘 알뜰한 동무 하나 잃어버린다는 것이 살을 베어 내는 아픔이다.

나는 나를 정원에서 발견하고 창을 넘어 나왔다든가 방문을 열고 나왔다든가 왜 나왔느냐 하는 어리석은 생각에 두뇌를 괴롭게 할 필요는 없는 것이다. 다만 귀뚜라미 울음에도 수줍어지는 코스모스 앞에 그윽이 서서 닥터 빌링스의 동상 그림자처럼 슬퍼지면 그만이다. 나는 이 마음을 아무에게나 전가시킬 심보는 없다. 옷깃은 민감이어서 달빛에도 싸늘히 추워지고 가을 이슬이란 선득선득하여서 설운 사나이의 눈물인 것이다. 발걸음은 몸뚱이를 옮겨 못가에 세워 줄 때 못 속에도 역시 가을이 있고, 삼경(三更)이 있고, 나무가 있고, 달이 있다. (달이 있고…)

그 찰나, 가을이 원망스럽고 달이 미워진다. 더듬어 돌을 찾아 달을 향하여 죽어라고 팔매질을 하였다. 통쾌! 달은 산산이 부서지고 말았다. 그러나 놀랐던 물결이 잦아들 때 오래잖아 달은 도로 살아난 것이 아니냐, 문득 하늘을 쳐다보니 얄미운 달은 머리 위에서 빈정대는 것을…

나는 곳곳한 나뭇가지를 골라 따를 째서 줄을 매워 훌륭한 활을 만들었다. 그리고 좀 탄탄한 갈대로 화살을 삼아 무사(武士)의 마음을 먹고 달을 쏘다.

별똥 떨어진 데

밤이다.

하늘은 푸르다 못해 농회색(濃灰色)으로 캄캄하나 별들만은 또렷또렷 빛난다. 침침한 어둠뿐만 아니라 오삭오삭 춥다. 이 육중한 기류(氣流) 가운데 자조(自嘲)하는 한 젊은이가 있다. 그를 나라고 불러두자.

나는 이 어둠에서 배태(胚胎)되고 이 어둠에서 생장(生長)하여서 아직도 이 어둠 속에 그대로 생존(生存)하나 보다. 이제 내가 갈 곳이 어딘지 몰라 허위적거리는 것이다. 하기는 나는 세기(世紀)의 초점(焦点)인 듯 초췌(憔悴)하다. 얼핏 생각하기에는 내 바닥을 반듯이 받들어 주는 것도 없고 그렇다고 내 머리를 갑자기 내려 누르는 아무것도 없는 듯하다마는 내막(內幕)은 그렇지도 않다. 나는 도무지 자유(自由)스럽지 못하다. 다만 나는 없는 듯 있는 하루살이처럼 허공(虛空)에 부유(浮遊)하는 한 점(点)에 지나지 않는다. 이것이 하루살이처럼 경쾌(輕快)하다면 마침 다행(多幸)할 것인데 그렇지를 못하구나!

이 점(点)의 대칭위치(對稱位置)에 또 하나 다른 밝음(明)의 초점(焦点)이 도사리고 있는 듯 생각된다. 덥석 움키었으면 잡힐 듯도 하다.

A Group of Cottages
Vincent van Gogh
1890

마는 그것을 휘잡기에는 나 자신(自身)이 순질(純質)이라는 것
보다 오히려 내 마음에 아무런 준비(準備)도 배포치 못한 것이
아니냐. 그리고 보니 행복(幸福)이란 별스런 손님을 불러들이
기에도 또다른 한 가닥 구실을 치르지 않으면 안 될까보다.

이 밤이 나에게 있어 어릴 적처럼 한낱 공포(恐怖)의 장막인
것은 벌써 흘러 간 전설(傳說)이오. 따라서 이 밤이 향락(享樂)
의 도가니라는 이야기도 나의 염원(念頭)에선 아직 소화시키
지 못할 돌덩이다. 오로지 밤은 나의 도전(挑戰)의 호적(好敵)
이면 그만이다.

이것이 생생한 관념세계(觀念世界)에만 머무른다면 애석한 일
이다. 어둠 속에 깜박깜박 조을며 다닥다닥 나란히한 초가(草
家)들이 아름다운 시(詩)의 화사(華詞)가 될 수 있다는 것은 벌
써 지나간 제너레이션의 이야기요, 오늘에 있어서는 다만 말
못하는 비극(悲劇)의 배경(背景)이다.

이제 닭이 홰를 치면서 맵짠 울음을 뽑아 밤을 쫓고 어둠을
짓내 몰아 동켠으로 훠-ㄴ히 새벽이란 새로운 손님을 불러온
다 하자. 하나 경망(輕妄)스럽게 그리 반가워할 것은 없다. 보
아라, 가령(假令) 새벽이 왔다하더라도 이 마을은 그대로 암담
(暗澹)하고 나도 그대로 암담(暗澹)하고 하여서 너나 나나 이
가랑지길에서 주저(躊躇) 주저(躊躇) 아니치 못할 존재(存在)들
이 아니냐.

나무가 있다.

그는 나의 오랜 이웃이요, 벗이다.
그렇다고 그와 내가 성격(性格)이나 환경(環境)이나 생활(生活)
이 공통(共通)한 데 있어서가 아니다. 말하자면 극단(極端)과
극단(極端) 사이에도 애정(愛情)이 관통(貫通)할 수 있다는 기적
적(奇蹟的)인 교분(交分)의 표본(標本)에 지나지 못할 것이다.

나는 처음 그를 퍽 불행(不幸)한 존재(存在)로 가소롭게 여겼
다. 그의 앞에 설 때 슬퍼지고 측은(惻隱)한 마음이 앞을 가리
곤 하였다. 마는 돌이켜 생각컨대 나무처럼 행복(幸福)한 생
물(生物)은 다시 없을 듯하다. 굳음에는 이루 비길 데 없는 바
위에도 그리 탐탁치는 못할망정 자양분(滋養分)이 있다 하거
늘 어디로 간들 생(生)의 뿌리를 박지 못하며 어디로 간들 생
활(生活)의 불평(不平)이 있을 소냐. 칙칙하면 솔솔 솔바람이
불어오고, 심심하면 새가 와서 노래를 부르다 가고, 촐촐하면
한 줄기 비가 오고, 밤이면 수(數)많은 별들과 오손도손 이야
기할 수 있고 – 보다 나무는 행동(行動)의 방향(方向)이란 거추
장스런 과제(課題)에 봉착(逢着)하지 않고 인위적(人爲的)으로
든 우연(偶然)으로서든 탄생(誕生)시켜 준 자리를 지켜 무진무
궁(無盡無窮)한 영양소(營養素)를 흡취(吸取)하고 영롱(玲瓏)한
햇빛을 받아들여 손쉽게 생활을 영위하고 오로지 하늘만 바
라고 뻗어질 수 있는 것이 무엇보다 행복(幸福)스럽지 않으냐.

이 밤도 과제(課題)를 풀지 못하여 안타까운 나의 마음에 나무의 마음이 점점(漸漸) 옮아오는 듯하고, 행동(行動)할 수 있는 자랑을 자랑치 못함에 뼈저리듯 하나 나의 젊은 선배(先輩)의 웅변(雄辯)이 왈(曰) 선배(先輩)도 믿지 못할 것이라니 그러면 영리(怜悧)한 나무에게 나의 방향(方向)을 물어야 할 것인가.

어디로 가야 하느냐, 동(東)이 어디냐, 서(西)가 어디냐, 남(南)이 어디냐, 북(北)이 어디냐, 아차! 저 별이 번쩍 흐른다.
별똥 떨어진 데가 내가 갈 곳인가 보다.
하면 별똥아!
꼭 떨어져야 할 곳에 떨어져야 한다.

Two Poplars on a Hill
Vincent van Gogh
1889

화원(花園)에 꽃이 핀다

개나리, 진달래, 앉은뱅이, 라일락, 민들레, 찔레, 복사, 들장미, 해당화, 모란, 릴리, 창포, 튜울립, 카네이션, 봉선화, 백일홍, 채송화, 다알리아, 해바라기, 코스모스── 코스모스가 홀홀히 떨어지는 날 우주의 마지막은 아닙니다. 여기에 푸른 하늘이 높아지고, 빨간 노란 단풍이 꽃에 못지 않게 가지마다 물들었다가 귀또리 울음이 끊어짐과 함께 단풍의 세계가 무너지고, 그 위에 하룻밤 사이에 소복이 흰 눈이 내려, 쌓이고 화로에는 빨간 숯불이 피어오르고 많은 이야기와 많은 일이 이 화로가에서 이루어집니다.

독자제현! 여러분은 이 글이 씌어지는 때를 독특한 계절로 짐작해서는 아니 됩니다. 아니, 봄, 여름, 가을, 겨울, 어느 철로나 상정하셔도 무방합니다. 사실 일년 내내 봄일 수는 없습니다. 하나 이 화원에는 사철 내 봄이 청춘들과 함께 싱싱하게 등대하여 있다고 하면 과분한 자기선전일까요. 하나의 꽃밭 이루어지도록 손쉽게 되는 것이 아니라 고생과 노력이 있어야 하는 것입니다.

딴은 얼마의 단어를 모아 이 졸문을 지적거리는 데도 내 머리는 그렇게 명석한 것은 못 됩니다. 한 해 동안을 내 두뇌로써가 아니라 몸으로써 일일이 헤아려 겨우 몇 줄의 글이 이루어집니다. 그리하여 나에게 있어 글을 쓴다는 것이 그리 즐거운 일일 수는 없습니다. 봄바람의 고민에 짜들고, 녹음의 권태에 시들고, 가을 하늘 감상에 울고, 노변의 사색에 졸다가 이 몇 줄의 글과 나의 화원과 함께 나의 일 년은 이루어집니다.

시간을 먹는다는 이 말의 의의와 이 말의 묘미는 칠판 앞에서 보신 분과 칠판 밑에 앉아보신 분은 누구나 아실 것입니다. 그것은 확실히 즐거운 일임에 틀림없습니다. 하루를 휴강한다는 것보다, (하긴 슬그머니 깨먹어버리면 그만이지만) 다못 한 시간, 예습, 숙제를 못해왔다든가, 따분하고 졸리고 한 때, 한 시간의 휴강은 진실로 살로 가는 것이어서, 만일 교수가 불편하여 못 나오셨다고 하더라도 미처 우리들의 예의를 갖출 사이가 없는 것입니다.

그러나 이것을 우리들의 망발과 시간의 낭비라고 속단하셔서 아니 됩니다. 여기에 화원이 있습니다. 한 포기 푸른 풀과 한 떨기의 붉은 꽃과 함께 웃음이 있습니다. 노―트장을 적시는 것보다, 우한 충동에 묻혀 글줄과 씨름하는 것보다 더 명확한 진리를 탐구할 수 있을는지 보다 더 많은 지식을 획득할 수 있을는지 보다 더 효과적인 성과가 있을지를 누가 부인하겠습니까.

나는 이 귀한 시간을 슬그머니 동무들을 떠나서 단 혼자 화원에 거닐 수 있습니다. 단 혼자 꽃들과 풀들과 이야기할 수 있다는 것이 얼마나 다행한 일이겠습니까. 참말 나는 온정으로 이들을 대할 수 있고 그들은 웃음으로 나를 맞아줍니다. 그 웃음을 눈물로 대한다는 것은 나의 감상일까요, 고독, 정적도 확실히 아름다운 것임에 틀림이 없으나, 여기에 또 서로 마음을 주는 동무가 있는 것도 다행한 일이 아닐 수 없습니다. 우리 화원 속에 모인, 동무들 중에, 집에 학비를 청구하는 편지를 쓰는 날 저녁이면 생각하고 생각하든 끝 겨우 몇 줄 써보낸다는 A군, 기뻐해야 할 서류(통칭 월급봉투)를 받아든 손이 떨린다는 B군, 사랑을 위하여서는 밥맛을 잃고 잠을 잊어버린다는 C군, 사상적 당착에 자살을 기약한다는 D군… 나는 이 여러 동무들의 갸륵한 심정을 내 것인 것처럼 이해할 수 있습니다. 서로 너그러운 마음으로 대할 수 있습니다.

나는 세계관, 인생관, 이런 좀더 큰 문제보다 바람과 구름과 햇빛과 나무와 우정, 이런 것들에 더 많이 괴로워해 왔는지도 모르겠습니다. 단지 이 말이 나의 역설이나, 나 자신을 흐리우는 데 지날 뿐일까요.

일반은 현대 학생도덕이 부패했다고 말합니다. 스승을 섬길 줄을 모른다고들 합니다. 옳은 말씀들입니다. 부끄러울 따름입니다. 하나 이 결함을 괴로워하는 우리들 어깨에 지워 광야로 내쫓아 버려야 하나요, 우리들의 아픈 데를 알아주는 스승, 우리들의 생채기를 어루만져주는 따뜻한 세계가 있다면 박탈된 도덕일지언정 기울여 스승을 진심으로 존경하겠습니다. 온정의 거리에서 원수를 만나면 손목을 붙잡고 목놓아 울겠습니다.

세상은 해를 거듭, 포성에 떠들썩하건만 극히 조용한 가운데 우리들 동산에서 서로 융합할 수 있고 이해할 수 있고 종전의 □□가 있는 것은 시세의 역효과일까요.

봄이 가고, 여름이 가고, 가을, 코스모스가 홀홀히 떨어지는 날 우주의 마지막은 아닙니다. 단풍의 세계가 있고,——이상이견빙지(履霜而堅氷至)——서리를 밟거든 얼음이 굳어질 것을 각오하라——가 아니라, 우리는 서릿발에 끼친 낙엽을 밟으면서 멀리 봄이 올 것을 믿습니다.

노변에서 많은 일이 이루어질 것입니다.

Garden with Flowers
Vincent van Gogh
1888

종시(終始)

종점이 시점이 된다. 다시 시점이 종점이 된다.

아침, 저녁으로 이 자국을 밟게 되는 데 이 자국을 밟게 된 연유가 있다. 일찍이 서산대사가 살았을 듯한 우거진 송림 속, 게다가 덩그러시 살림집은 외따로 한 채뿐이었으나 식구로는 광장한 것이어서 한 지붕 밑에서 팔도 사투리를 죄다 들을 만큼 모아놓은 미끈한 장정들만이 욱실욱실하였다. 이곳에 법령은 없었으나 여인금납구였다. 만일 강심장의 여인이 있어 불의의 침입이 있다면 우리들의 호기심을 저윽이 자아내었고, 방마다 새로운 화제가 생기곤 하였다. 이렇듯 수도생활에 나는 소라 속처럼 안도하였던 것이다.

사건이란 언제나 큰 데서 동기가 되는 것보다 오히려 적은 데서 더 많이 발작하는 것이다.

눈 온 날이었다. 동숙하는 친구의 친구가 한 시간 남짓한 문안 들어가는 차시간까지를 낭비하기 위하여, 나의 친구를 찾아 들어와서 하는 대화였다.

"자네 여보게 이집 귀신이 되려나?"

"조용한 게 공부하기 작히나 좋잖은가?"

"그래 책장이나 뒤적뒤적하면 공분 줄 아나. 전차간에서 내다볼 수 있는 광경, 정거장에서 맛볼 수 있는 광경, 다시 기차 속에서 대할 수 있는 모든 일들이 생활 아닌 것이 없거든.

Wooden Sheds
Vincent van Gogh
1889

생활 때문에 싸우는 이 분위기에 잠겨서, 보고, 생각하고, 분석하고, 이거야말로 진정한 의미의 교육이 아니겠는가. 여보게! 자네 책장만 뒤지고 인생이 어드렇니 사회가 어드렇니 하는 것은 16세기에서나 찾아볼 일일세. 단연 문안으로 나오도록 마음을 돌리게."

나한테 하는 권고는 아니었으나 이 말에 귀틈 뚫려 상푸둥 그러리라고 생각하였다. 비단 여기만이 아니라 인간을 떠나서 도를 닦는다는 것이 한낱 오락이요, 오락이매 생활이 될 수 없고, 생활이 없으매 이 또한 죽은 공부가 아니랴. 하야 공부도 생활화하여야 되리라 생각하고 불일내에 문안으로 들어가기를 내심으로 단정해 버렸다. 그 뒤 매일같이 이 자국을 밟게 된 것이다.

나만 일찍이 아침거리의 새로운 감촉을 맛볼 줄만 알았더니 벌써 많은 사람들의 발자욱에 포도는 어수선할 대로 어수선했고, 정류장에 머물 때마다 이 많은 무리를 죄다 어디 갖다 터뜨릴 심산인지 꾸역꾸역 자꾸 박아 싣는데, 늙은이, 젊은이, 아이 할 것 없이 손에 꾸러미를 안 든 사람은 없다. 이것이 그들 생활의 꾸러미요, 동시에 권태의 꾸러미인지도 모르겠다.

이 꾸러미를 든 사람들의 얼굴을 하나하나씩 뜯어보기로 한다. 늙은이 얼굴이란 너무 오래 세파에 짜들어서 문제도 안 되겠거니와 그 젊은이들 낯짝이란 도무지 말쑴이 아니다. 열이면 열이 다 우수 그것이요, 백이면 백이 다 비참 그것이다. 이들에게 웃음이란 가물에 콩싹이다. 필경 귀여우리라는 아

268

이들의 얼굴을 보는 수밖에 없는데 아이들의 얼굴이란 너무나 창백하다. 혹시 숙제를 못해서 선생한테 꾸지람들을 것이 걱정인지 풀이 죽어 쭈그러뜨린 것이 활기란 도무지 찾아 볼 수 없다. 내 상도 필연코 그 꼴일 텐데 내 눈으로 그 꼴을 보지 못하는 것이 다행이다. 만일 다른 사람의 얼굴을 보듯 그렇게 자주 내 얼굴을 대한다고 할 것 같으면 벌서 요사하였을는지도 모른다.

나는 내 눈을 의심하기로 하고 단념하자!

차라리 성벽 위에 펼친 하늘을 처다보는 편이 더 통쾌하다. 눈은 하늘과 성벽 경계선을 따라 자꾸 달리는 것인데 이 성벽이란 현대로써 캄플라지한 옛 금성이다. 이 안에서 어떤 일이 이루어졌으며 어떤 일이 행하여지고 있는 지 성 밖에서 살아왔고 살고 있는 우리들에게는 알 바가 없다. 이제 다만 한 가닥 희망은 이 성벽이 끊어지는 곳이다.

기대는 언제나 크게 가질 것이 못되어서 성벽이 끊어지는 곳에 총독부, 도청무슨 참고관, 체신국, 신문사, 소방조, 무슨 주식회사, 부청, 양복점, 고물상 등 나란히 하고 연달아 오다가 아이스케이크 간판에 눈이 잠깐 머무는데 이 놈을 눈 나린 겨울에 빈집을 지키는 꼴이라든가, 제 신분에 맞지 않는 가게를 지키는 꼴을 살짝 필름에 올리어 본달 것 같으면 한 폭의 고등 풍자만화가 될 터인데 하고 나는 눈을 감고 생각하기로 한다. 사실 요즈음 아이스케이크 간판 신세를 면치 아니치 못할 자 얼마나 되랴. 아이스케이크 간판은 정열에 불타는 염서가

269

진정코 아수롭다.

눈을 감고 한참 생각하느라면 한 가지 꺼리끼는 것이 있는데 이것은 도덕률이란 거추장스러운 의무감이다. 젊은 녀석이 눈을 딱 감고 버티고 앉아 있다고 손가락질하는 것 같아 번쩍 눈을 떠본다. 하나 가차이 자선할 대상이 없음에 자리를 잃지 않겠다는 심정보다 오히려 아니꼽게 본 사람이 없었으리란 데 안심이 된다. 이것은 과단성 있는 동무의 주장이지만 전차에서 만난 사람은 원수요, 기차에서 만난 사람은 지기라는 것이다. 딴은 그러리라고 얼마큼 수긍하였댔다. 한자리에서 몸을 비비적거리면서도 "오늘은 좋은 날씨올시다." "어디서 내리시나요?"쯤의 인사는 주고받을 법한데, 일언반구 없이 뚱한 꼴들이 작으나 큰 원수를 맺고 지내는 사이들 같다. 만일 상냥한 사람이 있어 요만쯤의 예의를 밝힌다고 할 것 같으면, 전차 속의 사람들은 이를 정신이상자로 대접할 게다. 그러나 기차에서는 그렇지 않다. 명함을 서로 바꾸고 고향 이야기, 행방이야기를 꺼리낌없이 주고받고 심지어 남의 여로를 자기의 여로인 것처럼 걱정하고, 이 얼마나 다정한 인생행로냐.

이러는 사이에 남대문을 지나쳤다. 누가 있어 "자네 매일같이 남대문을 두 번씩 지날 터인데 그래 늘 보곤 하는가?"라는 어리석은 듯한 멘탈 테스트를 낸다면은 나는 아연해지지 않을 수 없다. 가만히 기억을 더듬어 본달 것 같으면 늘이 아니라 이 자국을 밟은 이래 그 모습을 한번이라도 쳐다본 적이 있었던 것 같지 않다. 하기는 그것이 나의 생활에 긴한 일이 아니

매 당연한 일일 게다. 하나 여기에 하나의 교훈이 있다. 회수가 너무 잦으면 모든 것이 피상적이 되어버리나니라.

이것과는 관련이 먼 이야기 같으나 무료한 시간을 까기 위하여 한 마디 하면서 지나가자.

시골서는 제로라고 하는 양반이었던 모양인데 처음 서울 구경을 하고 돌아가서 며칠 동안 배운 서울 말씨를 섣불리 써가며 서울 거리를 손으로 형용하고 말로서 떠벌여 옮겨 놓더란데, 정거장에 턱 내리니 앞에 고색이 창연한 남대문이 반기는 듯 가로 막혀 있고, 총독부집이 크고, 창경원에 백 가지 금수가 봄 직했고 덕수궁의 옛 궁전이 회포를 자아냈고, 화신 승강기는 머리가 힝―했고, 본정엔 전등이 낮처럼 밝은데 사람이 물 밀리듯 밀리고, 전차란 놈이 윙윙 소리를 지르며 지르며 연달아 달리고― 서울이 자기 하나를 위하여 이루어진 것처럼 우쭐했는데 이것쯤은 있을 듯한 일이다. 한데 게도 방정꾸러기가 있어

"남대문이란 현판이 참 명필이지요."

하고 물으니 대답이 걸작이다.

"암 명필이구말구. 남 자 대 자 문 자 하나 하나 살아서 막 꿈틀거리는 것 같데."

어느 모로나 서울자랑하려는 이 양반으로서는 가당한 대답일 게다. 이분에게 아현 고개 막바지기에, ― 아니 치벽한 데 말고 ― 가차이 종로 뒷골목에 무엇이 있던가를 물었더라면 얼마나 당황해했으랴.

나는 종점을 시점으로 바꾼다.

내가 내린 곳이 나의 종점이요, 내가 타는 곳이 나의 시점이 되는 까닭이다. 이 짧은 순간 많은 사람 사이에 나를 묻는 것인데 나는 이네들에게 너무나 피상적이 된다. 나의 휴머니티를 이네들에게 발휘해낸다는 재주가 없다. 이네들의 기쁨과 슬픔과 아픈 데를 나로서는 측량한다는 수가 없는 까닭이다. 너무 막연하다. 사람이란 회수가 잦은 데와 양이 많은 데는 너무나 쉽게 피상적이 되나 보다. 그럴수록 자기 하나 간수하기에 분망하나 보다.

시그널을 밟고 기차는 왱—떠난다. 고향으로 향한 차도 아니건만 공연히 가슴은 설렌다. 우리 기차는 느릿느릿 가다 숨차면 가정거장에서도 선다. 매일같이 웬 여자들인지 주룽주룽 서 있다. 제마다 꾸러미를 안았는데 예의 그 꾸러미인 듯 싶다. 다들 방년된 아가씨들인데 몸매로 보아 하니 공장으로 가는 직공들은 아닌 모양이다. 얌전히들 서서 기차를 기다리는 모양이다. 판단을 기다리는 모양이다. 하나 경망스럽게 유리창을 통하여 미인판단을 내려서는 안 된다. 피상법칙이 여기에도 적용될지 모른다. 투명한 듯하나 믿지 못할 것이 유리다. 얼굴을 찌깨놓은 듯이 한다든가 이마를 좁다랗게 한다든가 코를 말코로 만든다든가 턱을 조개턱으로 만든다든가 하는 악희를 유리창이 때때로 감행하는 까닭이다. 판단을 내리는 자에게는 별반 이해관계가 없다손 치더라도 판단을 받는 당자에게 오려던 행운이 도망갈는지를 누가 보장할소냐. 여

Vincent's House in Arles (The Yellow House)
Vincent van Gogh
1888

하간 아무리 투명한 꺼풀일지라도 깨끗이 벗겨버리는 것이 마땅할 것이다.

이윽고 터널이 입을 벌리고 기다리는데 거리 한가운데 지하철도도 아닌 터널이 있다는 것이 얼마나 슬픈 일이냐. 이 터널이란 인류역사의 암흑시대요, 인생행로의 고민상이다. 공연히 바퀴소리만 요란하다. 구역날 악질의 연기가 스머든다. 하나 미구에 우리에게 광명의 천지가 있다.

터널을 벗어났을 때 요즈음 복선공사에 분주한 노동자들을 볼 수 있다. 아침 첫차에 나갔을 때에도 일하고 저녁 늦차에 들어올 때에도 그네들은 그대로 일하는데 언제 시작하여 언제 그치는지 나로서는 헤아릴 수 없다. 이네들이야말로 건설의 사도들이다. 땀과 피를 아끼지 않는다. ─────

─────────────────────────────

그 육중한 도락구를 밀면서도 마음만은 요원한 데 있어 도락구 판장에다 서투른 글씨로 신경행이니 북경행이니 남경행이니 라고 써서, 타고 다니는 것이 아니라 밀고 다닌다. 그네들의 마음을 엿볼 수 있다. 그것이 고력에 위안이 안 된다고 누가 주장하랴.

이제 나는 곧 종시를 바꿔야 한다. 하나 내 차에도 신경행, 북경행, 남경행을 달고 싶다. 세계일주행이라고 달고 싶다. 아니 그보다 진정한 내 고향이 있다면 고향행을 달겠다. 다음 도착하여야 할 시대의 정거장이 있다면 더 좋다.

Sand Diggers
Vincent van Gogh
1882

윤동주

尹東柱. 1917~1945. 일제강점기의 저항(항일)시인이자 독립
운동가. 아명은 해환(海煥), 동생인 윤일주의 아명은 달환(達
煥), 갓난아기 때 세상을 떠난 동생은 별환이다.

윤동주는 만주 북간도의 명동촌에서 태어났으며, 기독교인인
할아버지의 영향을 받았다. 1931년(14세)에 명동소학교를 졸
업하고, 한때 중국인 관립학교인 대랍자 학교를 다니다 가족
이 용정으로 이사하자 용정에 있는 은진중학교에 입학하였다.
1935년에 평양의 숭실중학교로 전학하였으나, 학교에 신사참
배 문제가 발생하여 폐쇄당하고 말았다. 다시 용정에 있는 광
명학원의 중학부로 편입하여 거기서 졸업하였다.

1941년에는 서울의 연희전문학교 문과를 졸업하고, 일본으로 건너가 도쿄에 있는 릿쿄
대학 영문과에 입학하였다가, 다시 1942년, 도시샤 대학 영문과로 옮겼다. 학업 도중 귀향
하려던 시점에 항일운동을 했다는 혐의로 일본 경찰에 체포되어(1943. 7), 2년형을 선고받
고 후쿠오카 형무소에서 복역하였다. 그러나 복역 중 건강이 악화되어 1945년 2월에 생을
마감하고 말았다. 유해는 그의 고향 용정에 묻혔다. 한편, 그의 죽음에 관해서는 옥중에서
정체를 알 수 없는 주사를 정기적으로 맞은 결과이며, 이는 일제의 생체실험의 일환이었
다는 주장도 제기되고 있다.

열다섯 살부터 시를 쓰기 시작하여 첫 작품으로 〈삶과 죽음〉〈초 한 대〉를 썼다. 발표 작
품으로는 만주의 연길에서 발간된 《가톨릭 소년》지에 실린 동시 〈병아리〉(1936. 11) 〈빗자
루〉(1936. 12) 〈오줌싸개 지도〉(1937. 1) 〈무얼 먹구 사나〉(1937. 3) 〈거짓부리〉(1937. 10) 등이
있다. 연희전문학교 시절 작품으로는 《조선일보》에 발표한 산문 〈달을 쏘다〉, 교지 《문
우》지에 게재된 〈자화상〉〈새로운 길〉이 있다. 그리고 그의 유작인 〈쉽게 쓰여진 시〉가
사후에 《경향신문》에 게재되기도 하였다(1946).

그의 절정기에 쓰인 작품들을 1941년 연희전문학교를 졸업하던 해에 《하늘과 바람과 별
과 시》라는 제목으로 발간하려 하였으나 뜻을 이루지 못하였다. 그의 자필 유작 3부와 다
른 작품들을 모아 친구 정병욱과 동생 윤일주가, 사후에 그의 뜻대로 1948년, 《하늘과 바
람과 별과 시》라는 제목으로 출간했다.

29년의 짧은 생애를 살았지만 특유의 감수성과 삶에 대한 고뇌, 독립에 대한 소망이 서려
있는 작품들로 인해 대한민국 문학사에 길이 남은 전설적인 문인이다.

빈센트 반 고흐

Vincent Van Gogh. 1853~1890. 네덜란드 출신으로 프랑스에서 활약한 화가. 서양 미술사상 가장 위대한 화가 중 한 사람이다. 고흐의 작품 전부(900여 점의 그림들과 1,100여 점의 습작들)는 정신질환을 앓고 자살을 감행하기 전, 10년의 기간 동안 창작한 것들이다. 그는 살아 있는 동안에는 거의 성공을 거두지 못하고 사후에 비로소 명성을 얻었는데, 특히 1901년 3월 17일 (그가 죽은 지 11년 후) 파리에서 71점의 그림이 전시된 이후 그의 이름은 급속도로 높아졌다.

빈센트 반 고흐는 프로트 즌덴트에서 출생했다. 목사의 아들로 태어나, 1869~1876년 화상 구필의 조수로 헤이그, 런던, 파리에서 일하고 이어서 영국에서 학교교사, 벨기에의 보리나주 탄광에서 전도사의 일을 보고, 1880년 화가로 그림을 그리기 시작했다. 그때까지 짝사랑에 그친 몇 번의 연애를 경험했다. 1885년까지 주로 부친의 재임지인 누넨에서 제작활동을 했다. 당시의 대표작으로는 《감자를 먹는 사람들》(1885)이 있다. 16살에는 삼촌의 권유로 헤이그에 있는 구필 화랑에서 일하기 시작했다. 그의 네 살 아래 동생이자 빈센트가 평생의 우애로 아꼈던 테오도 나중에 그 회사에 들어왔다. 이 우애는 그들이 서로 주고받았던 엄청난 편지 모음에 충분히 기록되어 있다. 이 편지들은 보존되어 오다가 1914년에 출판되었다. 그 편지들에는 고흐가 예민한 마음의 재능 있는 작가라는 것과 더불어 무명화가로서의 고단한 삶에 대한 슬픔도 묘사되어 있다. 테오는 빈센트의 삶을 통틀어서 경제적으로 지원해 주었다.

네덜란드 시절 고흐의 그림은 어두운 색채로 비참한 주제가 특징이었으나, 1886~1888년 파리에서 인상파 · 신인상파의 영향을 받았고, 1888년 봄 아를에 가서, 이상할 정도로 꼼꼼한 필촉(筆觸)과 타는 듯한 색채로 고흐 특유의 화풍을 전개시킨다. 1888년 가을, 아를에서 고갱과의 공동생활 중 병의 발작에 의해서 자기의 왼쪽 귀를 자르는 사건을 일으켜 정신병원에 입원했고, 생 레미에 머물던 시절에 입퇴원 생활을 되풀이했다. 1890년 봄 파리 근교의 오베르 쉬르 우아즈에 정착하여 열정적으로 작품 활동을 계속했다. 그러나 1890년 7월 27일, 빈센트 반 고흐는 들판으로 걸어나간 뒤 자신의 가슴에 총을 쏘았다. 바로 죽지는 않았지만 치명적인 총상이었으므로, 비틀거리며 집으로 돌아간 후, 심하게 앓고 난 이틀 뒤, 동생 테오가 바라보는 앞에서 37세의 나이로 숨을 거뒀다. 주요 작품으로는 《해바라기》 《아를르의 침실》 《닥터 가셰의 초상》 등이 있다.

열두 개의 달 시화집 스페셜

동주와 빈센트

초판 1쇄 발행 2019년 9월 15일
초판 12쇄 발행 2023년 7월 10일

지은이 윤동주
그린이 빈센트 반 고흐
발행인 정수동
발행처 저녁달

출판등록 2017년 1월 17일 제406-2017-000009호
주소 경기도 파주시 문발로 142 니은빌딩 304호
전화 02-599-0625
팩스 02-6442-4625
이메일 book@mongsangso.com
인스타그램 @moon5990625
유튜브 몽상소

ISBN 979-11-89217-05-1   03810